Lippisches Lesebuch

Lippisches Lesebuch

Literarische Streifzüge durch das Fürstentum

herausgegeben von

Michael Vogtmeier

in Verbindung mit dem

Lippischen Heimatbund

Vogtmeier Verlag

Der Herausgeber: Michael Vogtmeier, Jahrgang 1956, studierte nach seinem Abitur am Detmolder Leopoldinum II im Jahre 1974 von 1976 bis 1981 Germanistik, Geschichte und Philosophie in Bielefeld. Anschließend absolvierte er ein Studium der Psychologie an der LMU in München. Im Jahre 1983 promovierte er über das Thema „Die proletarische Autobiographie im Kaiserreich“. Er ist heute als Verlagsleiter in Göttingen tätig.

Gemeinsam mit seiner Frau Bettina Vogtmeier, geb. Ebert, veröffentlichte er Bücher über „Lippische Wanderziegler“ (Ebert/Vogtmeier 1980/2005), die münsterländische Küche (1996) sowie das Standardwerk der lippischen Küche „ So koch(t)en die Lipper“ (4. Auflage 2005).

Vogtmeier Verlag, Leinestr. 30, 37124 Rosdorf

Umschlagabbildung nach einer Lithographie von A. Noltsch

Satz: Beate Hautsch, Göttingen
Druck und Bindung: PR Druckerei GmbH Andreas Rasch, Göttingen
Gedruckt auf chlorfrei gebleichtem Papier
Printed in Germany

ISBN 3-938554-02-9

Inhalt

Die mit * gekennzeichneten Titel stammen vom Herausgeber.

Vorwort

»Lippe-Detmold ist mein Vaterland.«
(Wilhelm Raabe)

»Die Lipper sind ein Völkchen ganz eigener Art«, schrieb einmal ein Reisender, nachdem er kreuz und quer durch das Lipperland gereist war. Genau das behaupten auch heute noch viele Lipper von sich. Da Lippe erst sehr spät Anschluß an größere Verkehrswege bekam – erst im Jahre 1880 wurde die erste Eisenbahnlinie durch Lippe eröffnet – glich das kleine Land lange Zeit fast einer Insel, deren Bewohner zum Teil bis heute ein stark ausgeprägtes Grenzgefühl besitzen.
Obwohl das Lipperland nur etwa 1200 Quadratkilometer groß ist, ist es landschaftlich und kulturell sehr abwechslungsreich. Auch politisch und gesellschaftlich hat Lippe immer auf beeindruckende Weise seine Eigenständigkeit behauptet: Von tief katholischen Gegenden umschlossen, blieb Lippe vorwiegend evangelisch geprägt; auch zu Zeiten, in denen die preußische Herrschaft bis an den Rhein reichte, blieb Lippe selbständig – und auch heute noch symbolisiert die Lippische Rose im nordrhein-westfälischen Landeswappen die anhaltende Eigenständigkeit Lippes.

Daß Lippe etwas Besonderes ist, haben auch die Besucher des Lipperlandes zu jeder Zeit sofort gespürt. So schrieb beispielsweise Wilhelm Grimm nach einer Reise »zum Teutoberg im Lippischen« im Jahre 1817 in einem Brief an Achim von Arnim: »Das kleine lippische Ländchen zeichnet sich sehr aus. Überall zeigt sich Ordnung, Wohlstand und vergnügtes Wesen. Es muß recht gut regiert werden; auch soll die Not des Winters durch frühe Vorsorge hier ganz abgewendet worden sein.« Ähnlich schwärmerisch berichtete Karl Friedrich Reinhard im Jahre 1821 seinem Freund Johann Wolfgang von Goethe von den Erfolgen des Wirkens der lippischen Fürstin Pauline: »Ihr ganzes Land glich einem Garten; wer es vom paderbornischen Sand her betrat, glaubte in ein Paradies zu treten.« Natürlich gab es vereinzelt auch kritische Stimmen. So ergänzte beispielsweise Albert Lortzing, der von 1826 bis 1833 im Detmolder Musikleben wirkte, die berühmte Liedzeile »Lippe-Detmold, eine wunderschöne Stadt« etwas boshaft um die Zeile »die weit mehr Dreck als Häuser hat«. Aber auch Lortzing mußte 1840 im Rückblick auf die Zeit in Lippe feststellen: »Dessenohngeachtet taucht aus diesen rauschenden Vergnügungen oft mein liebes Detmold mit manchen mir treuen Bekannten auf. Meine Sehnsucht dahin, besonders da der Frühling herannaht und mir die herrliche Gegend vor Augen schwebt, ist unbeschreiblich.«

3 Deutsche Meilen, 15 auf 1 Grad.
Stolzenau
Uchte
Schlüsselburg
Rehburg
Steinhuder See
Wilhelmstein
Rahden
Diepenau
Wiedensahl
Hagenburg
Sachsenhagen
Petershagen
Die Weser
Lübke
MINDEN
Stadthagen
Rodenberg
Obernkirchen
Bückeburg
Hausberge
Werre
Steinbergen
Vlotho
Rinteln
Oldendorf
Herford
HAMELN
Bösingfeld
Lemgo
Alverdissen
Erzen
Lage
Barntrup
Pyrmont
Emmer
Lüde
DETMOLD
Blomberg
Harzberg
Horn
Schwalenberg
Steinheim
Veldrom
Vörden
Nieheim
Bredenborn
Lippspring
Grevenhagen
Höxter
Lippstadt
WESTPHALEN
Abkürzungen.
D. Detmold.
S. Schaumburg.
HANNOVER
WESTPHALEN
26° 30
52
30

Mit diesen wenigen Zitaten sind wir bereits mitten im Thema dieses kleinen Bändchens. Es versammelt Texte verschiedenster Autoren zu und über Lippe. Dies ist im Grunde die einzige Klammer, ansonsten ist die Zusammenstellung so bunt und abwechslungsreich wie die Landschaft und das soziale und kulturelle Leben Lippes: Die Texte stammen sowohl aus der Feder lippischer wie nicht-lippischer Autoren; die Mehrzahl der Erzählungen werden der sogenannten »Hochliteratur« zugeordnet, aber auch literarisch weniger anspruchsvolle Geschichten haben Aufnahme in das Bändchen gefunden; die meisten Texte sind »hochdeutsch«, einige wenige aber auch in Plattdeutsch verfaßt; neben Erzählungen und Gedichten finden sich auch Reiseberichte, Anekdoten und Sagen.
Das Ziel des Bandes ist kein literaturwissenschaftliches; auch Vollständigkeit wurde nicht angestrebt. Das Buch soll schlicht und einfach allen heimatverbundenen Lippern und den zahlreichen Besuchern des Lipperlandes auf unterhaltsame Weise die Schönheiten des Lipperlandes und die Besonderheiten seiner Bewohner vor Augen führen.
Es wurde versucht, Texte zu möglichst vielen Regionen des Lipperlandes zu finden. Thematische Schwerpunkte – Residenz Detmold, Hansestadt Lemgo, Externsteine und Hermannsdenkmal – ergaben sich von selbst. Ein bewußt gewählter Schwerpunkt – der das Bändchen von

anderen zum Teil leider bereits vergriffenen Büchern dieser Art besonders unterscheidet – sind Texte zu den »Lippischen Wanderzieglern«. Diese Besonderheit des Lipperlandes – zu manchen Zeiten war mehr als jeder zweite lippische Mann als Wanderziegler tätig – hat auch in der Literatur des kleinen Landes (Zieglerlieder, -gedichte und -erzählungen) einen wichtigen Niederschlag gefunden.

Mit der Herausgabe dieses Bändchens mit kleinen Lesehäppchen (die Texte mußten zum Teil leider gekürzt werden) verbindet sich natürlich auch die leise Hoffnung, möglichst viele Leser zum Weiterlesen anregen zu können. Deshalb finden sich im Anhang neben dem Literaturverzeichnis ausführliche Angaben zu den Autoren und zu weiteren Werken. Um die Lektüre so angenehm wie möglich zu machen, wurde die Rechtschreibung durch behutsame Veränderung der älteren Texte weitestgehend vereinheitlicht.

Lippische Rose

Die Anregung zu dieser Sammlung kam aus dem lippischen Buchhandel, der das vor Jahren erschienene und leider vergriffene Bändchen »Kleine Bettlektüre für den heimattreuen Lipper« vermißte und sich etwas vergleichbares Neues für seine Kunden wünschte. Ich bedanke mich für die Anregung und wünsche den lippischen Buchhändlern (und natürlich auch dem Verlag), daß der Band nicht nur bei den Lippern, sondern auch bei den vielen Besuchern des Lipperlandes eine positive Resonanz finden möge. Der Lippische Heimatbund hat die Idee der Herausgabe dieses Bändchens zu einem sehr frühen Zeitpunkt unterstützt. Auch ihm – insbesondere Herrn Burkhard Meier – danke ich für die gute Kooperation.

Ich wünsche nun allen, die dieses Buch in Händen halten und bis hier gelesen haben, eine unterhaltsame Lektüre. Kommentare und Anregungen (beispielsweise für Änderungen und Ergänzungen bei allfälligen Neuauflagen) sind jederzeit herzlich willkommen.

Detmold, im Oktober 2005
Michael Vogtmeier

Konrad von Cölln

Charakteristik der Lippischen Bauern

So tätig, als im südlichen Teile von Deutschland, ist das Volk in diesen Gegenden nicht. Aber arbeitet es einmal, so beschickt es auch ungleich mehr als jenes. Es ist schwer zu rühren; ist es aber gerührt, so kann man auf die Fortdauer seiner Empfindung bauen.

Es liebt den Rausch, in Schlaghändeln siegen, Jagen und schöne Pferde und starken Arm haben, ist ihm Ehre. Treu und bieder ist es im Ganzen noch. Verraten ist ihm Schande, und Stehlen die größte unverzeihlichste Sünde. Es ist verschlossen, und zur Menschscheue sehr geneigt; teilet sich schwerlich und sehr spät mit; aber dann auch mit aller Fülle des Herzens. Seine Leidenschaften äußern sich nicht bald; aber tun sie es, so sind sie über alle Vorstellung heftig.

Zum Sektierwesen ist das Volk nicht geneigt; religiöse Empfindelei wird wenigstens in einem Jahrhundert in diesen Gegenden nicht allgemein werden, und ob es wohl sehr am Geistlichen hängt, so hat sich doch die Liebe zur Sektiererei nie so fest bei ihm einnisten können, als in andern Ländern. Es hat ein lebendiges Gefühl von

Freiheit und bestehet oft mit einem unerträglichen Steifsinn auf sein Recht.
Der Lipper ist mehr gebildet als sein Nachbar der Paderborner und Rittberger, und eine bessere Erziehung, wofür jetzt mit allem Eifer gesorgt wird, wird bald seinen Charakter immer mehr veredeln.
Er sieht außerordentlich auf Ehre. Wer freundlich mit ihm redet, sein Radotieren oft geduldig anhöret, mit Freundlichkeit ihm den Hut aufsetzen heißt, wenns unter freiem Himmel ist, der kann viel von ihm haben; wer es aber in diesen unbedeutenden Dingen versieht, dem trauet er nicht. Wenn jemand Teil an seinem Schicksal nimmt, zu ihm in sein Haus geht, mit seinen Kindern sich viel zu schaffen macht, seine Früchte und sein Vieh besieht, dem kann er nichts abschlagen, und der kann Wunder tun. Greift mans so an, so möchte er einen auf den Händen tragen; er respektieret einen solchen Mann, und tut gern, was er ihm sagt. Hingegen der geringste Schein von Verachtung bringt ihn auf, und dann ist er zu allem fähig. *(1784)*

Im Teutoburger Walde

Das sind die alten Berge wieder,
Das ist das alte Buchengrün;
Das ist, von Fels und Halde nieder,
Das alte lust'ge Quellensprühn.

Ferdinand Freiligraths Arbeitszimmer

Ferdinand Freiligraths Geburtshaus in Detmold

Das sind sie rauschend alle beide,
Der alte Wald, die alte Heide;
Ich seh' auf Wies', ich seh' auf Weide
Die alten treuen Blumen blühn. –

So blühten sie, als ich ins Leben
Hinauszog von den Hügeln hier;
So sah ich sie die Köpfchen heben
Und leise bitten: Bleibe hier!
Ich aber schwang mich von der Klippe
Hinab die Bergwand durchs Gestrüppe;
Zum Meere wiesen Ems und Lippe
Mich durch der Senne braun Revier.

So zog ich fort! Ein halb Jahrhundert
Verrann seit jenem Tage fast!
Hier war's! Ich seh mich um verwundert:
Zu Haus, und dennoch schier ein Gast!
Der braun als Knabe ausgefahren,
Kehrt heim mit eisengrauen Haaren,
Und hält mit seiner Last von Jahren
In seinen Heimatwäldern Rast!

(1869)

Hier lasset uns Hütten bauen

Von Pyrmont ging die Fahrt über einen Berg nach Blomberg, und endlich etwa halb ein Uhr mittags langte ich frisch und vergnügt in Detmold an. (...)
Im Vordergrunde des Tales breitete sich zwischen Gärten und Baumgängen die Stadt aus mit ihren reinlich hellen Häusern und bunten Dächern, aus denen das altertümliche Schloß, die Kirche und das hochschlank gesäulte Theater hervorragten, weiterhin dehnten sich Felder und Wald, überall mit weißen Gartenhäuschen durchmischt, dann stiegen, größtenteils mit Laubholz bewachsen, die lippischen Bergrücken langsam auf, hinter welchen sich endlich im blauen Dunste die preußischen Gebirge erhoben. Über der ganzen Landschaft aber lag der Himmel blau und klar, und die Nachmittagssonne schien so freundlich durch die grünenden Buchen und Birken auf uns herab, daß mir ganz heimatlich zu Sinn wurde, es war mir, als müßte ich sagen: Hier lasset uns Hütten bauen!

(1909)

Wieder ein fester Wohnsitz

Dem Wanderleben mußte endlich ein Ziel gesetzt werden. Man mußte einen Ort erwählen, um sich niederzulassen. Dies konnte jedoch nur geschehen, indem wir uns zeitweise wenigstens von unserem Vater trennten, der den Fürsten nicht verlassen konnte, der nie lange an einem Ort weilte. Meine Mutter entschied sich für die Stadt, wo meine älteste verheiratete Schwester lebte – die, die ich in meiner frühesten Kindheit so sehr geliebt hatte. Es war die Stadt Detmold, die Hauptstadt des kleinen Fürstentums Lippe. Mein Vater versprach, von Zeit zu Zeit zu längerem Aufenthalt uns dort zu besuchen. Außerdem versprach er uns fest, daß, wenn alle Söhne in einer unabhängigen Stellung sein würden, er seine Verpflichtung gegen den Fürsten auflösen und sich für immer mit uns vereinigen würde.

Ohne den Schmerz dieser Trennung wäre ich über die Wahl des Aufenthaltes hochbeglückt gewesen. Das Familienleben meiner Schwester war der Widerschein ihrer engelhaften Natur; ihre Kinder glichen ihr an Sanftmut und Liebenswürdigkeit. Die Stadt, wo sie lebte, war eine jener kleinen deutschen Residenzen, die die Hauptstadt eines Ländchens sind, das für einen englischen Aristokraten nur ein mäßiger Grundbesitz sein würde. Es war eine hübsche, reinliche Stadt, an einem der malerischsten Punkte des nördlichen Deutschlands gelegen, von Hügeln, mit herrlichen Buchenwäldern bedeckt, umgeben, an die sich historische Erinnerungen ferner Vorzeit knüpften. Mein Schwager war eine der ersten Notabilitäten des Ortes; seine Familie gehörte zu den ältesten der kleinen Aristokratie des Ländchens. Er war von Kindheit auf der Freund und unzertrennliche Gefährte des regierenden Herrn gewesen, und nichts in den öffentlichen Angelegenheiten geschah ohne seinen Rat.

Der Regent des kleinen Staats war ein ehrlicher Mann, gut von Herzen, aber etwas beschränkten Verstandes und

von einer über alles Maß gehenden Schüchternheit, die die Folge der langen Abhängigkeit war, in der ihn seine Mutter gehalten hatte. Diese, Fürstin Pauline, eine Frau von überlegenem Geist und männlicher Bildung, war nahezu an zwanzig Jahre Regentin gewesen, da ihr Sohn ein kleiner Knabe war, als sein Vater starb. Sie allein unter allen regierenden Häuptern Deutschlands wagte es, dem fremden Eroberer entgegenzugehen, um ihm die Sprache der Vernunft und Menschlichkeit zu reden. War der Gefürchtete erstaunt, daß eine Frau wagte, was die anderen nicht gewagt hatten? Hatte er einen anderen Beweggrund? Genug, er behandelte sie mit Anerkennung und zog vorüber, ohne das kleine Ländchen und seine mutige Regentin zu belästigen.
Sie war eine Freundin der Wissenschaften und der Literatur, berief mehrere ausgezeichnete Männer an ihren Hof und bemühte sich, Aufklärung und Moralität in ihrem kleinen Lande zu verbreiten. An der Spitze eines großen Königreichs würde sie eine Katharina die Zweite gewesen sein, ohne deren Laster. Das einzige, was ihr nicht gelang, war die Erziehung ihrer beiden Söhne, ihrer einzigen Kinder. Um ihnen die Grundsätze strenger Moralität beizubringen, hatte sie sie dermaßen tyrannisiert und so lange wie Kinder behandelt, daß der älteste, schon scheu und zurückhaltend von Natur, ein halber Wilder geworden war. Der zweite, ein leichtsinniger, ausschweifender Mensch,

hatte sich, einmal von der mütterlichen Autorität befreit, einem liederlichen Leben ergeben. Er war im Militärdienst aller möglichen Länder gewesen, hatte immer schlechten Betragens wegen den Dienst verlassen müssen, und sein Bruder hatte ihn mehr als einmal vom Schuldgefängnis losgekauft. Der älteste, nach dem Tod der Mutter zur Regierung gelangt, führte ein wahres Einsiedlerleben. Seine Frau war ein gutes, sanftes Wesen, die sich der gänzlichen Zurückgezogenheit und der strengen Lebensweise ihres Gatten unterwarf. Sie hatten viele Kinder und führten ein exemplarisches Familienleben. Ihr altes Schloß mit hohen Ecktürmen und kleinen Türmchen war von Gärten umgeben, die auf den alten Wällen gepflanzt waren, und diese umschloß ein breiter Graben, auf dem Enten und Schwäne friedlich hausten. Von der öffentlichen Promenade aus konnte man die fürstliche Familie in diesen Gärten spazierengehn sehn, aber niemals setzte ein Mitglied derselben einen Fuß in die Straßen der Stadt. Ein- oder zweimal im Jahr war ein Galadiner auf dem Schloß, zu dem auch die Damen, deren Rang sie zu dieser Ehre berechtigte, eingeladen wurden. An dem Tag, wo dieses große Ereignis stattfand, rollten die Hofwagen in der Stadt umher, um die Damen abzuholen, da die Toiletten sonst zu sehr gelitten hätten, weil es keine geschlossenen Wagen in der kleinen Stadt gab und man sonst in Gesellschaften, ja auch auf Bälle, zu Fuß ging. Die Tafeln waren eine harte Aufgabe

für den armen Fürsten; er mußte dann an all den Damen, die in einer Linie aufgestellt waren, vorüberdefilieren und einer jeden wenigstens ein paar Worte sagen. Steif wie ein Stück Holz in seine Uniform eingeschnürt, die Lippen zusammengepreßt, stammelte er mit ungeheurer Anstrengung irgendeine Banalität über das Wetter oder über einen anderen ebenso unbedeutenden Gegenstand. Kaum hatte er eine Antwort erhalten, so schob er weiter und schien wie von einem schweren Druck befreit, wenn er glücklich bei den Herren angelangt war.
Er hatte bei alledem zwei Leidenschaften, die ihn aus seiner Höhle herauslockten: die Jagd und das Theater.
Die herrlichen Wälder, die die kleine Residenz umgaben, waren voller Wild, dessen einziger legitimer Jäger er war. Im Winter verging fast kein Tag, an dem man nicht zwei oder drei fürstliche Schlitten durch die Straßen der Stadt und über die schneebedeckten Landstraßen fliegen sah, die diese Nimrod-Familie in die Wälder entführte, alle zusammen, die Eltern und die Kinder. Sie blieben den ganzen Tag im Walde. Der Fürst und die älteren Söhne jagten; die Fürstin mit den übrigen Kindern, in ihre Pelze eingehüllt, blieben entweder in den Schlitten sitzen oder gingen auf dem Schnee spazieren. Vergebens klagten die Lehrer, daß der Unterricht bei dieser Lebensweise Schaden leide. Die geistige Entwicklung der Kinder wurde dem Familienleben und dem Wildbret geopfert.

Die zweite Leidenschaft des Fürsten, die für das Theater, wurde auf Kosten der Revenüen des kleinen Staats befriedigt. Man flüsterte sich wohl zu, daß die Ausgaben unverhältnismäßig groß wären, aber die Landstände, die sich unter der Regentin-Mutter noch regelmäßig versammelt hatten, wurden von dem Sohn nie mehr einberufen. Niemand kontrollierte die Ausgaben. Die Freunde des Fürsten sagten, man könne ihm doch das *eine* Vergnügen lassen, da er übrigens so einfach und moralisch lebte. Auch muß man sagen, daß sein Theater unter die besten in Deutschland gehörte und daß die größten Künstler es

Hoftheater in Detmold

nicht verschmähten, Vorstellungen daselbst zu geben. Die besten dramatischen Werke sowie die besten Opern wurden mit einer ziemlich seltenen Vollendung gegeben. Es war demnach natürlich, daß das Theater der Mittelpunkt der Interessen und Gespräche der kleinen Residenz war, und man kann nicht leugnen, daß es zur Quelle einer Art künstlerischer und intellektueller Erziehung wurde, die die Gesellschaft weit über die anderer gleich großer Provinzstädte erhob.
Nach dem Theater gab es noch eine andere Anstalt, die zur Unterhaltung der Gesellschaft diente, an der aber der Fürst keinen Anteil hatte. Dies war eine Art Klub, dem man den französischen Namen »Ressource« gegeben hatte, statt ihn einfach Verein oder dergleichen zu nennen. Dort vereinigten sich die Herren der Gesellschaft; die Familienväter, besonders aber die jungen unverheirateten Leute verbrachten da einen großen Teil des Tages und fast immer die Abende, um Zeitungen zu lesen, Karten und Billard zu spielen, Wein und Bier zu trinken, die Neuigkeiten der großen und kleinen Welt zu besprechen und unglaubliche Massen von Tabakswolken in die Luft zu schicken. Am Sonntagabend war auch den Damen Zutritt gestattet, und dann nahm das Ganze einen anderen Anstrich an. Die Herren erschienen im Frack, die Pfeifen und Zigarren verschwanden, die älteren Herren und Damen spielten Karten, die jungen Leute unter-

hielten sich mit Gesellschaftsspielen, mit Gespräch und Tanz. Einmal im Monat war ein großer Ball.
In dieser Weise schufen sich die kleinen deutschen Städte ein geselliges Leben, da es keine großen Vermögen dort gab und die meisten Einwohner Beamte mit Besoldungen waren, die gerade nur für das Notwendigste hinreichten. In solch einem Verein aber konnte ein jeder mittels eines kleinen Beitrages sich mit seinen Bekannten treffen und die Freuden der Geselligkeit genießen, ohne daß es seine Mittel überstieg. Der Ton, der in diesen Vereinen herrschte, war sicher nicht der letzte Ausdruck feiner geselliger Bildung; aber da, wo, wie in dem Städtchen, von dem ich spreche, ein kleiner Hof, ein gutes Theater, ein treffliches Gymnasium, eine gute Töchterschule und einige Männer von Geist und Verdienst in den Wissenschaften sich vorfanden, herrschte doch eine gewisse Erhebung in den Ideen, die sich den Manieren und dem Ton der Unterhaltung mitteilte. Meine Schwester und ich gehörten noch nicht eigentlich der Gesellschaft an, denn wir waren noch nicht konfirmiert, und dies war, wenigstens damals, in Deutschland das Signal für die jungen Mädchen, um in die Reihen der Erwachsenen eingeführt zu werden. Unser Wanderleben hatte diesen Vorgang etwas verspätet, und wir bedurften noch eines ganzen Jahres Vorbereitung durch Religionsstunden.

(1876)

Joseph Plaut

Die Revolution in Lippe

Vom Lipperland ist die Rede. Wenn es dem geneigten Leser im Moment geographisch nicht bekannt sein sollte, so erwähne ich das Lied, das uns Lipper berühmt gemacht hat:

»Lippe-Detmold, eine wunders-chöne Stadt,
Darinnen ein Soldat ...«,

und nun hoffe ich jeden im Bilde. Böse Zungen behaupten vom Lipperland, es sei das Land mit der chinesischen Mauer. Dieser Ruf rührt von einer Geschichte her, die zwar schon lange her ist, aber der Wahrheit nicht entbehrt. Ich will sie erzählen.

Es war im Jahr 1848. Als damals die Revolution in Deutschland längst schon im Abflauen war, drangen Gerüchte darüber auch nach Lippe herein, und einige besonders politisch veranlagte Bauern saßen nach des Tages Last und Mühe vor ihrer Türe, ihr Pfeifchen rauchend und politisierend: »Du hör mal, Willem, das soll ja wohl Revolut-ion ssein?« – «Ja, ich habe auch davon chehört, was is das eijentlich mit der Revolut-ion?« – »Ja, ich weiß das auch nich sso recht, aber Aujust, du bist ja sson Politiker, du mußt das ja eijentlich wissen. Wie ist das eijentlich mit der Revolut-ion?» – »Chott, das is ne richtige Revolut-ion, und ich ssage, das is ne S-chande wert, daß wir Lipper noch keine Revolut-ion haben, denn wenn die andern Revolut-ion haben, denn müssen wir Lipper auch ne Revolut-ion haben. Entweder machen wir all'ne Revolut-ion oder überhaupt keine Revolut-ion, denn dann is erst die richtige Revolut-ion.»

Revolution! Revolution! Es spricht sich herum, es fängt Feuer, und einige Beherzte marschieren nach Detmold zur Residenz, versammeln sich dort auf dem Schloßplatz, reißen friedfertige Bürger mit in den Strudel, und ein für Lippe-Detmold ungeheurer Menschenauflauf von 50 bis 100 Lippern entsteht, so daß Seine Hochfürstliche Durchlaucht im Schlosse auf das Volksgemurmel aufmerksam wird. Er tritt auf den Balkon: »Nanu? Was ist denn hier los?«

»Revolution, Revolution, Revolution!«

»Na, wollt ihr gefälligst sagen, was hier los ist?«

»Ssag du es.« – »Nee, ssag du es, einer muß die Rede doch halten.«

»Durchlaucht, wir – wir wollen auch 'ne Revo-lut-ion!«

»Was wollt ihr?« – »Ich – möchte bitten – ob wir auch wohl 'ne Revolut-ion kriegen?« – »Ach so, jetzt verstehe ich erst, 'ne Revolution? Gewiß doch, die sollt ihr haben, geht man ruhig nach Haus!« – »Na, denn danken wir auch s-chön.« – »Wir kriegen auch 'ne Revolution, er hat es sselber gesagt, wir kriegen auch eine, wir kriegen auch eine. Na, ich sage es ja, es ist doch nur einmal ein chuter Mann, unser Fürst. Seine Hochfürstliche Durchlaucht, er lebe hoch! Hoch! Und noch mal hoch! Jetzt kriegen wir auch 'ne Revolution!«

(1960)

Schloß in Detmold

Johann Wilhelm Ebert

Detmold liegt wunderschön

Der Weg nach Detmold geht ganz auf der Straße nach Pyrmont bis Rischenau, hier geht derselbe links auf Meinberg auf der herrlichsten Chaussee bis ganz nach Detmold. Schieder 2 Meilen von Detmold ist das erste größere lippische Dorf, und so wie man in das Lippische kommt, bemerkt man einen größeren Wohlstand und Behaglichkeit. Dies Schieder liegt über alle Beschreibung wundervoll, und gleich sagte ich: hier möchte ich meine Hütte bauen. Besonders fiel mir ein schönes Gebäude auf mit herrlichen Anlagen, und ich dachte, wenn Du das kaufen könntest! Ich ließ stillhalten und hörte, daß es dem Fürsten von Lippe gehöre, der im Sommer da zu leben pflege. Die Trauben waren also sauer. Ich fuhr recht langsam weiter und ergötzte mich an der Gegend auf dem ganzen Wege. (...) Meinberg ist ein kleines herrlich gelegenes Bad mit hübschen Anlagen. Auf dem schönsten Wege durch die herrlichste Waldung ging es nun nach Detmold, wo ich in einer Stunde ankam und in einem Gasthause abstieg, was gerade dem Schloß gegenüberliegt. (...) Detmold liegt wunderschön, und noch nie habe ich in einer so kleinen Stadt so viele Sachen größerer Orte gefunden. *(1842)*

Seine Hochfürstliche Durchlaucht

So geschehen in Detmold im Jahre des Herrn 1888.
Ich sage »im Jahre des Herrn«, ohne jetzt wie Sie an Gott den Herrn zu denken, sondern meine den Landesherrn, Seine Hochfürstliche Durchlaucht Fürst Woldemar zu Lippe. Bitte empören Sie sich nicht! Wären Sie wie ich Schüler des Gymnasiums Leopoldinum gewesen, hätten Sie wie ich -zig Schulandachten in der Aula mitgemacht, hätten Sie unseren Direktor dabei aus tiefster Brust inbrünstiglich für *Ihn* beten hören, *Ihn* preisen hören, hätten

Palais des Prinzen Woldemar

Sie die Schulfeiern an Allerhöchst Seinem Geburtstag miterlebt, hätten die Parade, die bekränzte Stadt und all das Drum und Dran gesehen, Sie würden in dasselbe Horn geblasen haben, Sie würden genauso denken, wie ich als Kind gedacht habe: Der liebe Gott ist viel, aber der Fürst ist mehr! Gott genießt nur religiöse und kirchliche Ehrungen, der Fürst aber außer diesen noch die weltlichen.
Jetzt aber kommt das Schönste. Ich glaube kaum, daß der Fürst von all diesen Anbetungen und Verehrungen etwas gemerkt hat, denn er war ja gar nicht da. Er war meistens außerhalb seines Landes, in der Steiermark auf der Gamsjagd. Die Hirsche, Rehe und Wildschweine seines Teutoburger Waldes genügten ihm nicht. War er aber zu Haus, pardon, auf seinem Schloß, so sah man ihn auch nicht, denn er zeigte sich nicht, er war menschenscheu, nur wenn er zu seiner lippischen Jagd fuhr, konnte man allenfalls einen Blick auf ihn erhaschen. Soweit ich mich erinnern kann, hat er sich nie öffentlich gezeigt, geschweige denn gesprochen. Er war im Gegensatz zu seinem großen Kollegen, wie das Wort »geschweige« ja sagt, ein »Schweiger«. Nur seine nächste Umgebung kann sich rühmen, einige karge Worte von ihm vernommen zu haben. Und nun kommt das Gigantische meiner Erzählung: *Auch ich kann mich rühmen.* Jawohl! Auch ich kann mich rühmen, als kleiner, dummer, achtjähriger Junge mit unserem Fürsten gesprochen zu haben.

Es folgt nun der wahrheitsgetreue und beglaubigte Bericht: Eines schönen Tages ging ich mit meinem jüngeren Bruder und einem Lehrling vom Sattlermeister Wüstenhöver in der »Ameide« am Burggraben entlang spazieren – das ist der breite Wassergraben, der das fürstliche Schloß umfließt –, und wir nahmen ganz von ungefähr kleine Steinchen auf und warfen Jungfern. Keine richtigen, bitte mich nicht mißzuverstehen. Jungfernwerfen soll in diesem Fall besagen, daß man Steine flach über die Wasserfläche schmeißt, so daß sie einige Male aus dem Wasser emporschnellen, um dann erst zu versinken. Mitten im Eifer dieses unterhaltsamen Spiels steht plötzlich ein alter Herr vor uns, weißer Vollbart, schwarzer Hut, unter dem die wohlfrisierten Helmecken hervorgucken, dunkler Anzug, dazu ein aufgerollter Regen-

schirm, wie ein gezogener Degen getragen. Der Kopf wackelte ein wenig, ebenso die Stimme, die sich nun drohend gegen uns erhob:
»Laßt das verdammte Schmeißen mit Steinen!« Sprach's und ging! Wer war's? – Der Fürst!
Wie späterhin festgestellt wurde, war er nach langwierigem Krankenlager an diesem denkwürdigen Tage zum ersten Male aufgestanden, um sich ein wenig auf dem Schloßplatz zu ergehen. Das war bisher nie passiert. – »Laßt das verdammte Schmeißen mit Steinen.« Waren es auch gerade keine schmeichelhaften Worte, die er an uns richtete, so doch Worte aus Seinem Erlauchten Munde, um die uns bald ganz Detmold beneidete. Zwar haben die Detmolder niemals den Originaltext seiner Worte erfahren, sondern eine zweite, verbesserte Ausgabe.
Der Vorgang war nämlich von weitem beobachtet worden. Gleich nachdem der Fürst den Rücken wandte – ich sehe im Abgehen noch seinen tadellos pomadisierten Poposcheitel –, kamen Bürgersleute ganz aufgeregt zu uns herübergerannt: »Wißt ihr auch, mit wem ihr da chesprochen habt? Das war der Fürst! Was wollte er denn von euch?« – »Oh, weiter nichts«, fiel ich schnell ein. »Was hat er denn zu euch chesagt?« – »Oh, wie es uns chinge.« – »Nun ssieh mal einer an, wie's euch chinge! Sso, sso! Da könnt ihr euch aber was auf einbilden.«
Und das taten wir auch! Trotz alledem! *(1960)*

Christian Dietrich Grabbe

Residenzen wie Detmold

Residenzen wie Detmold gehören der Einwohnerzahl nach zu den Kleinstädten, und doch sind sie wieder weit von den Örtern verschieden, wie sie Kotzebue in seinen Kleinstädtern geschildert hat. Man könnte über sie eine Komödie schreiben, die an jene Kotzebue'schen Kleinstädter nicht erinnerte, und doch gerade so wahr und drollig wäre. Hat das Land siebzig bis achtzig tausend Bewohner, so drängt sich in seiner Residenz an Beamten, Sollizitanten etc. fast alles zusammen, was unter diesen Leuten Einsichten oder Aussichten (die sich bekanntlich nicht wechselseitig bedingen) besitzen mag. Zweifelsohne ist unter diesen Personen, besonders in Deutschland, wo es so viele stille, in sich selbst brütende, in sich selbst untergehende, in sich selbst zufriedene Genies gibt, viel Geist zu treffen, aber er liegt für jeden Dritten im Schlaf. Man soll ihn wecken, und das hält schwer. Denn da kommt wieder die kleine Stadt: man kennt sich (so sonderbar die scheinbare Antithese lautet) zu genau, um sich nicht untereinander zu genieren oder zurückzustoßen, und man geniert sich zu sehr und stößt sich zu sehr zurück, um sich genau zu kennen, – für den Beobachter ein wundersames Schauspiel.

Wie manche Lust, wie mancher Lichtfunken geht dadurch unter, aber mit Recht, denn die Leute selbst sind am Untergange schuld. *(1828)*

Grabbes Sterbehaus in Detmold

Karl Immermann

Bei Grabbe in Detmold

Mein Freund aus L. begleitete mich nebst noch einem Bekannten nach Detmold. Unterwegs war auch viel von Grabbe die Rede, der dort als Auditeur angestellt ist. (...) Ich mußte also natürlich wünschen, ihn kennenzulernen. Indessen beschloß ich, die Sache auf sich beruhen zu lassen, aus mehreren Gründen, wovon der hauptsächlichste der war, daß man bei der jetzigen Stimmung der Menschen nie weiß, ob man nicht, wenn man arglos und wohlwollend sich jemandem nähert, in ihm einen findet, der sich's in den Kopf gesetzt hat, unser offenbarer oder heimlicher Widersacher zu sein. Der Zufall war aber für mich tätig.

Der Beamte wollte ihn eines Geschäfts halber sprechen, und ich erfuhr, daß er auf die Ressource, wo wir uns befanden, kommen werde. (...)

Nach kurzer Frist erschien nun nichts Gigantisches oder Abnormes, sondern ein schmales spärliches Männchen, mit einem länglichen ovalen Gesicht und einem nicht übel gebildeten Munde, dessen blasses Antlitz aber durch ein fahles Haupthaar noch tonloser und mitleidenswürdiger wurde. Er sprach still und schüchtern mit dem Beamten. Mystifikationen gelingen mir nicht; schon der Gedanke an den Vorsatz erregte mir Unmut, ich trat ihm näher, nannte meinen Namen und sprach eine gewöhnliche Begrüßung aus. Statt sie unbefangen zu erwidern, sagte er verlegen etwas Unverständliches, und es erfolgte ein ganz sonderbarer Moment. Man rückte ihm einen Stuhl hin, suchte das Gespräch in einen gleichgültigen Train zu bringen; umsonst, er blieb einsilbig, unbeholfen. Erst nachdem er einige Orth Wein zu sich genommen, wurde er etwas freier und regalierte uns mit barocken Einfällen, in denen ich sein Naturell erkannte. Ein Anwesender wollte das Gespräch auf seine Sachen bringen. Er lehnte es mit Heftigkeit ab und erklärte, daß man ihn damit aus der Stube treiben werde.

Sein Wesen hatte etwas so Ursprüngliches und Ungemachtes, war von der gewöhnlichen Manier unsrer schönen Geister so fern, daß diese Viertelstunde meine Überzeugung von ihm nur noch fester bestärkt hat. Bestochen hat er mich nicht; mein Gefallen muß also wohl reiner Art sein. Die widerwärtigsten Hemmungen mögen ihn umgeben und bedrängen. Ich glaube aber, daß seine Natur stark genug ist, um über alles zu siegen. *(1833)*

Christian Dietrich Grabbe

Römischer Prozeß

Das Bruch bei Detmold

(Der Prätor auf erhöhtem Sitz. Etwas tiefer neben ihm ein Schreiber. Vor ihnen prozessierende Cherusker.)

PRÄTOR: Ein Kohlenbecken unter meine Füße. Das schneit und gefriert hier noch im März. Wir müssen nächstens ein Forum bauen mit Dach und Ofen.

SCHREIBER: Mich wundert nur, daß deine Milde das nicht längst geschehen ließ. Holz, Sandsteine, und sonstige Materialien finden sich dahier in Menge, Bauern, Pferde und Spanndienste im Überfluß.

PRÄTOR: Eröffne die Sitzung.

SCHREIBER *(liest in seinem Album und ruft dann)*: Erneste Klopp contra Kater major.

PRÄTOR *(sieht auch in's Album)*: Katermeier heißt der Mann.

SCHREIBER: Tut nichts, Herr. Es kommt bei dem Volk wenig auf den Namen an. Es ist doch Vieh. Scheren wir es so viel wie möglich über einen Kamm.

PRÄTOR: Was tat dir Katermeier?

DIE KLOPP: Gott, ach Gott!

PRÄTOR: Heraus mit der Sache und laß die Götter weg.
DIE KLOPP: Er machte mir das vierte Kind und gab mir keinen Heller.
PRÄTOR: Du arme Hure.
SCHREIBER: Vorsichtig. Eine Hure scheint sie noch nicht. Die großen Lehrer Capito und Labeo streiten sich zwar über manche Rechtskontroverse –
PRÄTOR: Ja, auch über des Kaisers Bart.
SCHREIBER: – jedoch sind sie darin eins, daß viel multum, fünfundzwanzigtausend bedeute, indem Cäsar in seinen Commentarien die Stärke seines Heeres in Gallien so bezeichnet, und dieses Heer nur aus jener Anzahl bestand. Die Klägerin sieht aber nicht aus, als ob sie schon durch fünfundzwanzigtausendmaliges Unterliegen zu der Vielheit gediehen sei, welche der Begriff von einer Hure erfordert. Die ist bloß eine Geschwächte, vulgo stu –
PRÄTOR: Halt die Hand vor deinen übergelehrten Mund: *»Kurz ab und ohne Erläuterung des Wie und Warum«* heißt der Kappzaum für Germanen, denn je mehr du bei ihnen erläuterst und belehrst, je störriger werden sie.
(Zur Klopp:)
Du überlieferst deine vier Kinder dem Staat. Der Verklagte erhält 5000 Sestertien für sein wohlerworbenes Vierkinderrecht –
SCHREIBER: Ius quatuor liberorum, versteht ihr?

KATERMEIER: Eher als den Rechtsspruch hätt' ich den Einsturz des Himmels vermutet. – Wo empfang' ich das Geld?
SCHREIBER: Bei dem Quästor, nach Vorweisung dieses Zettels.
KATERMEIER: Gut.
(Beiseit:)
Hunde sind's doch. Sie wedelten sonst nicht so mit einem Schwanz von trügerischem Edelmut.
SCHREIBER: Warte. Die Sporteln wird man von der Summe abzieh'n. Sie sind in dem Schein bemerkt.
KATERMEIER *(für sich:)* – Dacht' ich's nicht? – Ich gehe nach Haus und nicht zu dem rechenmeisterischen Quästor. Der spezifikatzt (wie sie sagen) mir so viel Gebühren, daß ich auf die fünftausend Sestertien noch sechstausend zugeben muß. – Stinchen, siehst du? Du hättest es entweder nicht von mir leiden oder mich doch nicht verklagen sollen!
DIE KLOPP: Du hättest es mir nicht antun sollen! Ich lege dir unsre Kinder vor deine Schwelle.
KATERMEIER: Das tu. Ich will den kleinen Plagen schon vorsichtig aus dem Wege gehn. *(Ab.)*
DIE KLOPP: Und ihr Spitzbuben, Landsverkäufer, Katzenverkäufer, Links- und Rechtsverdreher, wer bezahlt meine Unschuld? Er hat sie, fort ist er, und ich muß hungern!

SCHREIBER: Gerichtsdiener, stopft der Person den Rachen.
DIE KLOPP: Rachen? Mund hast du zu sagen. Doch Rachen! O hätt' ich den, und dich Federfuchser unter meinen Zähnen, du solltest bald merken, wie du zu mausern anfingst!
PRÄTOR: Höre nicht auf ohnmächtige Wut. Verzeih' ihr.
(Zu Gerichtsdienern:)
Führt sie fort und peitscht sie an der Gerichtsmark für ihr freches Maul zum Abschied.
VOLK: Sie durchpeitschen? Sie ist eine Freie!
(Die Gerichtsdiener haben ihr die Arme auf dem Rücken zusammengebunden und halten ihr den Mund zu.)
SCHREIBER: Mit Erlaubnis, ihr Herren, sie ward jetzt eine Gebundene.
(Die Klopp wird abgeführt.)
– Dietrich, Kläger, einerseits, contra Rammshagel, andrerseits. Kläger, trag' deine Beschwerden vor.
DIETRICH: Ich lieh' ihm 10 Goldstücke eures Geprägs –
SCHHEIBER: Ein mutuum?
DIETRICH: Dumm war's.
SCHREIBER: Lernt Latein und erwägt, daß wir nur aus Nachsicht euer Idiom gebrauchen.
PRÄTOR *(zum Schreiber)*: Den leichtzüngigen Galliern brachten wir innerhalb zehn Tagen unsre Sprache bei,

diese hartmäuligen Germanen zwingen uns die ihrige auf.
SCHREIBER: Mit den Wölfen heulen, so lange man sie noch nicht ganz im Jagdnetz hat.
(Wieder zu Dietrich:)
Warum, wozu, auf welche Art und Weise liehest du ihm das Geld?
DIETRICH: Zu Stapelage, im Wirthshaus. Ich schoß es ihm vor zum Knöcheln.
PRÄTOR: Abgemacht. Beklagter ist frei. Spielschuld gilt nicht.
DIETRICH: Hölle und Himmel, die ist ja Ehrenschuld.
SCHREIBER *(zum Prätor)*: Was mögen die Buben unter Ehre verstehen?
RAMMSHAGEL: Dietrich, ich zahle nach einem halben Jahr. Ich kann nicht eher. Mein ältester Junge starb vorige Woche, und die Ärzte oder Quacksalber kosteten mir Geld über Geld, haben ihn auch auf ewig geheilt, in die kühle Erde. Gut. Ihn schmerzt nichts mehr. Er hat's besser als sein überlebender Vater. – Hättest mich nicht bei denen verklagen sollen.
DIETRICH: Da sie weit herkommen –
RAMMSHAGEL: Meintest du es wäre viel daran? Pah, sie suchten nicht vierhundert Meilen von Haus, hätten sie etwas daheim. – Schenk' mir ein paar Monde Frist; meine letzte Milchkuh erhältst du morgen auf Abschlag.

Ich und die Meinen können uns gut mit Wasser behelfen.
DIETRICH: Alte Haut, behalte deine Kuh für dein Weib und deine Kinder. Ich schicke euch morgen eine zweite.
SCHREIBER: Der Ehebruch! Beteiligte, vor.
VOLK: Schrecklich! Wo sind die Geschworenen?
SCHREIBER: Eorum haud necessitas. Hic acta!

Grabbes Grab in Detmold

VOLK: Was pfeift der Gelbschnabel wieder? War's Gutes, wir verständen es.
(Dumpfe Stimmen:)
Fürst, Hermann, warum bist du fern von uns und lässest uns verloren und allein? Kehre zurück: wir haben Fürsten nötig!
SCHREIBER: Silentium! – Amelung, sprich.
AMELUNG: Jenes Weib ist seit zehn Jahren meine Frau. Vorgestern erfahr' ich zufällig, doch um so mehr zu meinem Entsetzen, daß es schon vor sechs Jahren die Ehe brach.
PRÄTOR: Ist das Alles? – Ehebruch und dergleichen dummes Zeug verjährt in fünf Jahren. Hättest du den Mund gehalten, man wüßte nichts von deinen Hörnern.
SCHREIBER: Ja, Amelung: si tacuisses philosophus mansisses!
VOLK: Ehebruch verjährt? Was wird alt?
PRÄTOR: Eure Kehlen schwerlich, wenn sie so unverschämt schreien. Seht neben mir die Arznei für Halsübel: Liktorenbeile.
SCHREIBER: Ah – der Hermann!
(Hermann kommt.)

(1838)

Das ist der Teutoburger Wald

Das ist der Teutoburger Wald,
Den Tacitus beschrieben,
Das ist der klassische Morast,
Wo Varus stecken geblieben.

Hier schlug ihn der Cheruskerfürst,
Der Hermann, der edle Recke;
Die deutsche Nationalität,
Die siegte in diesem Drecke.

Wenn Hermann nicht die Schlacht gewann,
Mit seinen blonden Horden,
So gäb es deutsche Freiheit nicht mehr,
Wir wären römisch geworden!

In unserem Vaterland herrschten jetzt
Nur römische Sprache und Sitten,
Vestalen gäb es in München sogar,
Die Schwaben hießen Quiriten!

Der Hengstenberg wär ein Haruspex
Und grübelte in den Gedärmen
Von Ochsen. Neander war ein Augur
Und schaute nach Vogelschwärmen.

Birch-Pfeiffer söffe Terpentin,
Wie einst die römischen Damen.
(Man sagt, daß sie dadurch den Urin
Besonders wohlriechend bekamen.)

Der Raumer wäre kein deutscher Lump,
Er wäre ein römischer Lumpacius.
Der Freiligrath dichtete ohne Reim,
Wie weiland Flaccus Horatius.

Der grobe Bettler, Vater Jahn,
Der hieße jetzt Grobianus.
Me hercule! Maßmann spräche Latein,
Der Marcus Tullius Maßmanus!

Die Wahrheitsfreunde würden jetzt
Mit Löwen, Hyänen, Schakalen
Sich raufen in der Arena, anstatt
Mit Hunden in kleinen Journalen.

Festszene bei Einweihung des Hermannsdenkmals

Wir hätten Einen Nero jetzt
Statt Landesväter drei Dutzend.
Wir schnitten uns die Adern auf,
Den Schergen der Knechtschaft trutzend.

Der Schelling wär ganz ein Seneca,
Und käme in solchem Konflikt um.
Zu unsrem Cornelius sagten wir:
Cacatum non est pictum.

Gottlob! Der Hermann gewann die Schlacht,
Die Römer wurden vertrieben,
Varus mit seinen Legionen erlag,
Und wir sind Deutsche geblieben!

Wir blieben deutsch, wir sprechen deutsch,
Wie wir es gesprochen haben;
Der Esel heißt Esel, nicht asinus,
Die Schwaben blieben Schwaben.

Der Raumer blieb ein deutscher Lump
Und kriegt den Adlerorden.
In Reimen dichtet Freiligrath,
Ist kein Horaz geworden.

Gottlob, der Maßmann spricht kein Latein,
Birch-Pfeiffer schreibt nur Dramen
Und säuft nicht schnöden Terpentin
Wie Roms galante Damen.

O Hermann, dir verdanken wir das!
Drum wird dir, wie sich gebühret,
Zu Detmold ein Monument gesetzt;
Hab selber subskribieret.

(1844)

Unterzeichnungen für das Armins-Denkmal

Namen	Stand	Wohnort	Betrag
M. W. Drobisch	d. Z. Rector d. Univ.	zu Leipzig	3 [illegible]
[illegible] Pohl	Prof. [illegible]	zu Leipzig	[illegible]
E. H. Weber	Prof. d. Anatomie	in Leipzig	1 Thlr [illegible]
Albrecht	Prof. [illegible]	in Leipzig	2 Thlr [illegible]
[illegible]	[illegible]	in Leipzig	2 [illegible]
D. Schilling	Prof. des Römischen Rechts	zu Leipzig	1 [illegible]

Kinder erleben das Hermannsdenkmal

Mein Freund erzählte mir einmal, was seine Schulklasse 9- bis 10jähriger Jungen zum Hermann zu sagen hatte, als sie ihn zuerst sahen, ohne vorher in der Schulstube auf diesen Anblick besonders vorbereitet zu sein. »Dat ess de graut Hermann? Wohaftig, de ess graut.« »Jou, dor ess de graute Schmed-Hermann in iusen Dörpe nicks tiegen.«
»Will ja auk gar nich de graude Hermann suin.« »'wer worömmer ess de Hermann denn so groin? Ess dat'n Jagger?«
»Groin Jägertuich mounste? Nai, dat ess Groinspan. Eck häwe mol'n Pöng in'n Gowne funnen, de was just so groin.«
»Von Wuind un Wedder ess de Hermann so groin worn. Dat ess jo Köpper. Iuse Pittchen hät mui votellt, dat joudes Froijohr, an'n euersten April dat Denkmol von unner bät boben met Immi putzt wörd. Dat deot Fleugers, de dor dann ünnen herümme schwiewat, osse wörn't Lehrfitche. Dann blänkerde jeudesmol wie osse Gold.«
»Jou, wer dat löwt!« –
Nach einem Weilchen geht das Gespräch weiter.
»Kuik mol, wat vo Awem hät de Hermann.« »Un wat

Hermannsdenkmal

vo'ne Iwerkinn.« »Un wat vo'ne Schörten. De sit jo ganz scheuwe aner Suide.«
»Un da unwuislange Sawel.«
»Dor piekte jo met inne Wolken.« »Un dann de graude Vugel unnerm Frode?« »Ess dat'n Raben oder wat« »Adler, diu Dummbacks. Un de Awwan sind Adlerfitche up suinen Helm, un de Schörten ess'n Schild, un an der Iwerkinn häd'e Schwert hangen hat, osse haut nau nich inne Höchte heul – wenn jui't wieten wit!«
Ein Wuilken stön'n alle stille, heulen den Kopp scheuwe und kiken inne Höchte. Dann genk' et lard: »Ess Hermann denn'n Soldaten, eck dachte, heu wör auk'n Schmed osse iuse graude Hermann im'n Dörpe.« »Jou'n Soldaten iut ault, ault Aulingstum. Deo gaft auk nau Adlers bui us in'n Weule. Kuik dui man oecons richtig an. So sühe domols Soldaten iut.«
Niu kam de lütche Karl anne Klinken. »Eck weut wat, dat hat mui iuse Hoppa votellt, da ess vohaftig wohr.«
»No, wat ess dat denn, Kärlken?« »De Hermann ess so dicke, dat'ern Treppen imme heruppen geuht. In'n Beume heruppern, dur Luif un Bost un Hals un dann in'n Kopp.«
»Un wat ess dor?«
»Zum Disk, dat ess Hermann suine Jungen, un'ne Ruige Stoele rund herümmen, dat sind suine Stazelteem.«
»Un nau wat?«

»Jo nau wat, Nasenlöcker un Augen. Und eunmol ess euner uppen Disk stohn gohn und woll dür de Nasenlöker no unner kuiken, do ass'er dürfallen un to daun kumen.« »Dann wi'wui auk in Kopp stuigen un dür de Nasenlökker kuiken« – »Uner durfallen, nich wohr?«, das sagte mein Freund, der nun plötzlich hinzutrat und so vorläufig die Aussprache beendete, aus der er viel gelernt hatte, wie er mir lachend versicherte. *(1950)*

In der Geburtsstätte des Hermannsdenkmals

Als die Römer frech geworden

Als die Römer frech geworden,
Zogen sie nach Deutschlands Norden,
Vorne beim Trompetenschall
Ritt der Generalfeldmarschall,
Herr Quinctilius Varus.

Doch im Teutoburger Walde
Huh, wie pfiff der Wind so kalte;
Raben flogen durch die Luft
Und es war ein Moderduft
Wie von Blut und Leichen.

Plötzlich aus des Waldes Duster
Brachen krampfhaft die Cherusker;
Mit Gott für Fürst und Vaterland
Stürmten sie von Wut entbrannt
Gegen die Legionen.

Weh! das ward ein großes Morden.
Sie erschlugen die Kohorten;
Nur die römische Reiterei
Rettete sich noch ins Frei',
Denn sie war zu Pferde.

O Quinctili, armer Feldherr!
Dachtest du, daß so die Welt wär'?
Er geriet in einen Sumpf,
Verlor zwei Stiefel und einen Strumpf
Und blieb elend stecken.

Da sprach er voll Ärgernussen
Zum Centurio Titiussen:
»Kamerade, zeuch dein Schwert hervor
Und von hinten mich durchbohr',
Da doch alles futsch ist.«

In dem armen römischen Heere
Diente auch als Volontäre
Scävola, ein Rechtskandidat,
Den man schnöd gefangen hat,
Wie die andern alle.

Diesem ist es schlimm ergangen;
Eh' daß man ihn aufgehangen
Stach man ihn durch Zung' und Herz,
Nagelte ihn hinterwärts
Auf sein Corpus Juris.

Als die Waldschlacht war zu Ende,
Rieb Fürst Hermann sich die Hände,
Und um seinen Sieg zu weihn,
Lud er die Cherusker ein
Zu 'nem großen Frühstück.

Nur in Rom war man nicht heiter,
Sondern kaufte Trauerkleider.
G'rade als beim Mittagsmahl
Augustus saß im Kaisersaal,
Kam die Trauerbotschaft.

Erst blieb ihm vor jähem Schrecken
Ein Stück Pfau im Halse stecken,
Dann geriet er außer sich
Und schrie: »Varus, Fluch auf dich!
Redde Legiones!«

Und zu Ehren der Geschichten
Tat ein Denkmal man errichten,
Deutschlands Kraft und Einigkeit
Verkündet es jetzt weit und breit:
»Mögen sie nur kommen!« *(1847/48)*

Horn und die Externsteine

Wir sind in das Land der Lippe eingetreten, in das lachend freundliche Gebiet, in welchem die Rose herrscht, und wollen uns von Schieder aus in seine Buchenwälder vertiefen. Eine trefflich gehaltene Chaussee führt uns nach dem Städtchen Horn, dessen einzige romantische Merkwürdigkeit in seinen Schlachtschwertirern besteht. Als die wackeren Bürger von Horn einst in einer grimmen Fehde ihres Edelherrn zur Lippe diesen aus den ihn umdrängenden Feinden herausgehauen oder gar ihn aus der Gefangenschaft durch Erstürmung einer feindlichen Burg befreit hatten, behielten sie die eroberten Waffen und Rüststücke als Andenken an ihre Tat; die folgenden Generationen bewahrten sie als teures Vätervermächtnis auf und heute noch erscheint mit diesen Waffen bekleidet die Gilde der Schlachtschwertirer, so oft eine Feier sie veranlaßt, sich zusammen zu scharen.

Dicht hinter Horn erheben sich die berühmten Externsteine. Wenn wir das Tor der kleinen Stadt verlassen haben, sehen wir alsbald die merkwürdigen Felsgebilde vor uns, quer vor die Chaussee gestellt, die nach Meinberg und Pyrmont führt. Sie ragen aus dem Fuße eines schmalen,

baumleeren Bergrückens hervor, welcher der Knickhagen heißt und sich neben dem Hauptstock des Gebirges in derselben Richtung fortzieht. Die »Steine« – es sind ihrer im Ganzen dreizehn, bestehen aus einem feinkörnigen Sandstein und sind mit vielfachen Spalten und Rissen durchzogen, von denen die meisten von oben bis unten durch laufen und worin allerlei Gesträuch und grüne Vegetation Wurzel gefaßt hat. So gewährt die ganze Reihe der Felsen in einiger Entfernung den Anblick einer gewaltigen uralten Mauer, welche hie und da durchbrochen oder eingestürzt zu sein scheint.
Die Höhe der Steine ist verschieden – der höchste hat über dem Boden 125 Fuß – ebenso ist der Umfang sehr ungleich.
Der äußerste Felsen gegen Westen steigt zu jener Höhe von 125 Fuß steil empor, am Fuße bespült von einem kleinen See, den man aus dem die Steine durchrieselnden Bache, die Lichtheupte genannt, aufgestaut hat, zur Verschönerung der rings umher angebrachten Anlagen. Eine Treppe, die in den Felsen gehauen ist, führt auf den plattformartigen Gipfel, wo ein Tisch mit steinernen Bänken zum Ruhen einladet.
Der zweite Felsen in der Richtung nach Norden hin zeigt die groteskeste Gestalt; er überragt den ersteren, den er am Grunde fast berührt, nicht weil er höher ist, sondern

weil er auf einer Erhöhung des Bodens steht. Der dritte, dicht neben dem zweiten, ist bedeutend niedriger. Auch an ihm sind Treppenstufen, die auf den Gipfel führen, angebracht, und von diesem Gipfel ist eine Brücke nach dem zweiten, zu den Resten einer alten Kapelle hinübergeschlagen. Der vierte endlich steht vom dritten gerade so weit entfernt, daß er der Chaussee Raum gewährt, sich hindurch zu winden. Ein losgerissenes Felsstück ruht auf seiner Spitze und scheint jeden Augenblick die Wanderer, welche unten durch das Felsentor schreiten, zerschmettern zu wollen, hat aber schon vor undenklichen Zeiten da gehangen. »Es hängt ein großer Stein auf der Höhe« – heißt es in der Lippeschen Chronik vom Jahre 1627, »der drauet, als wenn er jetzt fallen wolle; so der Wind stark wehet, so beweget er ihn – aber er bleibet gleichwohl hangen. Wie er aber oben angeheftet sei, das weiß Niemand als Gott selber.« – Der fünfte Felsen ragt über die anderen um etwa 15 Fuß fort, durch den Bergrücken

Rottmeister von Horn

um so viel emporgetragen; er beschließt die eigentliche und Hauptgruppe der Externsteine, die andern weiter ostwärts ragen nur noch mit den Gipfeln aus dem Bergrücken hervor.

Die eigentlichen Merkwürdigkeiten der Externsteine sind aber nicht allein ihre seltsamen grotesken Formen, sondern noch mehr die darin angebrachten Kapellen und Kunstarbeiten. (...)

Aus dem Jahre 1093 stammt die erste historische Kunde, welche uns über die Externsteine erhalten ist. Damals gehörte die Gegend umher mit den Felsen einem Adelsgeschlechte; es sind uns die Namen Imico, und Erpho, des Imico Sohn, aufbewahrt. Imico starb, sein Sohn folgte ihm ohne Nachkommen zu hinterlassen, und nun verkaufte Imicos Witwe, Ida, dem Abte des Klosters Abdinghof zu Paderborn, Gumbert, für vierzehn Mark Silber und andere Geschenke Imicos früheres Besitztum. Der Bischof Hein-

Stadt Horn

rich II. von Paderborn bestätigte diesen Kauf und stellte darüber eine Urkunde aus, welche diese Tatsachen enthält und uns durch den Jesuiten Schaten in dessen Annalen erhalten ist. Die Externsteine kamen also an die fleißigen, für die Kultur, den Ackerbau und die Versittlichung Deutschlands überall so tätigen Benediktiner-Mönche, die auf den meisten ihrer Besitzungen mit dem Baue von Kirchen oder Kapellen begannen, wobei sie gewöhnlich selber den Hammer und den Meißel führten; und so haben wir ganz einfach die Architekten wie die Bildhauer, die den Externsteinen ihre jetzige Gestalt und ihren Schmuck gaben, unter den Benediktinern von Abdinghof zu suchen. Diese sorgten denn auch für die Abwartung des Gottesdienstes in dem, dem heiligen Kreuze gewidmeten Steinkirchlein; sie stifteten später in dem Städtchen Horn eine Pfründe, deren Inhaber die Messe in der Felsenkapelle las, und den zahlreichen Wallfahrern, welche dahin zogen, die Sakramente reichte. Später siedelten sich Klausner oder Eremiten dort an – vielleicht in der unteren Kapelle, die seit Ausführung der obern nicht mehr für den Gottesdienst nötig war. Sie wohnten bis gegen das Endes des 16. Jahrhunderts dort. Die Reformation aber, welche im ganzen Lippischen Lande Fuß faßte, machte der Andacht an den Externsteinen ein Ende, und endlich zog Graf Simon von der Lippe als Landesherr das Beneficium an den Externsteinen ein – unter dem Vorwande, wie man erzählt, daß die

Klausner wie Räuber und Diebe gehaust, nachdem ihnen der Unterhalt entzogen worden.– Die Güter wurden dann der Schule zu Horn zugewiesen.
Im Jahre 1654 wurde der Großherzog Ferdinand von Toscana auf den Gedanken gebracht, die Eggestersteine durch Kauf zu erstehen. Die Verhandlungen mit der gräflich Lippischen Regierung wurden durch einen Paderborner Domherrn und durch den Landdrosten Levin Moritz von Donop geführt. Von Seiten des Großherzogs wurden 60,000 Kronen für die Steine geboten; Lippe'scher Seits wurden aber die Verhandlungen abgebrochen, wahrscheinlich, weil man die Wiedereinfüh-

Externsteine

rung katholischen Gottesdienstes fürchtete, wenn man einem katholischen Fürsten den Platz einräumte.
Bald nach jenen Verhandlungen ließ der Graf Herrmann Adolph zur Lippe bei den Externsteinen ein Jagdhaus erbauen und verschiedene andere Arbeiten vornehmen; in der Nähe des Hauptfelsens ließ er einen Turm mit einer Treppe bauen; vor den drei ersten Felsen ließ er einen Platz mit einer Mauer umgeben. Nach seinem Tode 1666 verfielen diese Bauten wieder, das Jagdhaus wurde endlich abgebrochen und ein Wirtshaus an seiner Stelle errichtet, da, wo ein neueres jetzt die Wanderer, welche von den benachbarten Badeorten aus die große Merkwürdigkeit des Teutoburger Waldes besuchen, mit guten Erfrischungen labt.
In der alten Kapelle aber mußte eine Zeit hindurch ein Förster mit seiner Familie wohnen, der natürlich, was ihm von der alten Einrichtung hinderlich war, beseitigte. Noch größer war die Zerstörung, als im Jahre 1756 ein fürstlicher Beamter in Horn die Erlaubnis erhielt, von dem verfallenen Mauerwerk an den Externsteinen sich die Steine zum Neubau eines Hauses zu holen. Was noch von Herrmann Adolphs Anlagen übrig war, wurde niedergerissen – wer weiß, wie viel von den alten Kunstarbeiten dabei zerstört ist!
Erst die Fürstin Pauline zur Lippe wandte im Anfange dieses Jahrhunderts neue Aufmerksamkeit den Externstei-

nen zu. Sie ließ rund umher aufräumen und dann an dem Felsen, der die Grotte enthält, 43 Stufen anbringen, auf denen man eine aus früherer Zeit stammende höher liegende Treppe von 45 in den Stein gehauenen Stufen erreichte, so daß nun der Gipfel zugänglich wurde. Dieser Gipfel, welcher einen Raum von 21 Fuß Länge und 8½ Fuß Breite bietet, wurde mit einer Art Balustrade umgeben, mit steinernen Bänken und Tisch versehen. Von dem dritten Felsen, an dem sich ebenfalls schon eine Treppe befand, wurde eine Brücke nach dem zweiten hinübergeschlagen. Die Kunststraße, welche zwischen zwei der Felsen hindurchführt, wurde 1815 vollendet. Einige parkartige Anlagen umher kamen dann hinzu, dem Ganzen eine würdigere Umgebung zu schaffen.
Man hat vielfach den Externsteinen eine Bedeutung als Tempel und Opferplatz schon in vorchristlicher Zeit zugeschrieben. Wir enthalten uns jedoch, auf dies Thema, bei dem man ohnehin über Vermutungen nicht hinauskommt, einzugehen. (...)
Nur noch eine Sage von den Externsteinen wollen wir erzählen. Sie lautet: Der Teufel hat einmal in alter Zeit, als die Andacht an den Externsteinen noch im Schwange war, die Felsen einstürzen wollen und hat sich deshalb mit aller Macht gegen sie gestemmt, hat sie aber doch nicht umwerfen können; so mächtig aber hat er dagegen gedrängt, daß sich sein Rücken, wie man noch sehen kann,

tief in den Stein gedrückt, auch die lichte Lohe dabei herausgefahren ist und ihren Brandfleck an den Felsen hinterlassen hat. Jetzt indes ist dieser nicht mehr zu sehen, da er von Erde und Buschwerk bedeckt ist.

Von dem großen Steine, der hart über der Heerstraße hängt, sagt man, er werde einst herabstürzen und eine Lippische Fürstin zerschmettern. Nach Gisbert Frhrn Vincke's gelungener Bearbeitung der Sage hat den Stein der Teufel in seiner Wut über den christlichen Gottesdienst an den Externsteinen dahin geschleudert. *(1872)*

Die Externsteine

An der südwestlichen Grenze der Grafschaft Lippe zieht sich ein langes waldiges Gebirg hin, der Lippische Wald, sonst auch Teutoburger Wald genannt, und zwar in der Richtung von Südost nach Südwest; die Gebirgsart ist bunter Sandstein.

An der nördlichen Seite gegen das flache Land zu, in der Nähe der Stadt Horn am Ausgange eines Tales, stehen, abgesondert vom Gebirg, drei bis vier einzelne senkrecht in die Höhe strebende Felsen; ein Umstand, der bei genannter Gebirgsart nicht selten ist. Ihre ausgezeichnete Merkwürdigkeit erregte von den frühsten Zeiten Ehrfurcht; sie mochten dem heidnischen Gottesdienst gewidmet sein und wurden sodann dem christlichen geweiht. Der kompakte, aber leicht zu bearbeitende Stein gab Gelegenheit, Einsiedeleien und Kapellen auszuhöhlen, die Feinheit des Korns erlaubte sogar Bildwerke darin zu arbeiten. An dem ersten und größten dieser Steine ist die Abnahme Christi vom Kreuz in Lebensgröße, halb erhaben in die Felswand eingemeißelt.

(1824)

Die Armen in der Senne

Von den Höhen des Teutoburger Waldes sieht man in eine weite Ebene, die Senne genannt, deren ödester Teil sich zwischen Paderborn, Bielefeld und dem Fürstentum Lippe hinzieht. Sie gewährt einen eigentümlichen Anblick, der sich wohl am besten mit der Aussicht vergleichen läßt, die man in der Abenddämmerung von einem höhern Punkte des Strandes auf die See hat. Die Täuschung wird noch größer, wenn in den Strahlen der untergehenden Sonne, oder im Mondlicht, die dunklen Wasserflächen einiger Teiche zu leuchten beginnen, die hin und wieder den Sand durchschneiden und gewöhnlich von kleinen Fichtengehölzen umgeben sind. In solchen Augenblicken gewinnt die Gegend keineswegs einen schönen, vielmehr einen höchst unheimlichen und wahrhaft geisterhaften Anstrich. – Die Umrisse einiger Meierhöfe und zerstreuter Baumgruppen verschwinden, und bald gewahrt das Auge nur noch den schwarzblauen Farbenton der Ebene, über welche die Nebel in weißen Wogen hereinbrechen.

Dem Beschauenden scheint dann der geheimnisvolle Geist jener Wüste vorüberzuschweben, jener Wüste, in

welcher schon so vieles auf und nieder ging, in deren Sand die Waffen der Römer verrosteten, in der Franken und Sachsen im Kampf aneinanderrannten, in welcher der tollste Hexenspuk sein Wesen trieb – und die jetzt wohl die unglücklichsten Bewohner des einst so gewaltigen Westfalens bevölkern. –
Wir wollen von den Bergen hinuntersteigen und uns auf dem eigentlichen Terrain näher umsehen. – Eine Wüste nannten wir jenen Landstrich, und dennoch bevölkert! Leider ist dies nur zu wahr; denn auch hier, wo die Natur dem Menschen geradezu untersagt zu haben scheint, sich anzubauen, hat der Arme, dem kein besserer Boden zuteil wurde, sein Korn der Erde anvertraut. Hier und dort, wo der Sand fester und feuchter ist, sieht man Buchweizen und Hafer in dünnen Halmen aufschießen; gleich daneben, hinter einem Zaun aus Birken geflochten, weidet eine magere, buntgefleckte Kuh, wohl die einzige Trösterin des Bauers, der nicht weit davon aus Lehm und Baumzweigen seine niedrige Hütte aufgeschlagen hat. Treten wir an die Tür derselben, da schlägt uns ein dichter Rauch entgegen, denn für einen Schornstein hat man nicht gesorgt. Ist im Winter der Herd erloschen, da muß der in der Hütte zurückgebliebene Rauch und Dunst noch wärmen. Gehen wir vorüber, da laufen uns einige zerlumpte Kinder nach; sie halten die Hände gefalten und murmeln eine Sprache, welche niemand versteht.

Aber in den kümmerlichen Blicken kann man lesen, was sie wollen, und gebt ihr einem kleinen Mädchen mit hellblonden Haaren eine Silbermünze, da ist es mehr, als sie je besaß, mehr, als sie in mehreren Wochen durch Flachsspinnen verdienen kann. – Es ist so rührend komisch, wenn man mit einem Bauer spricht, welcher eben aus Friesland zurückkommt, wo er einige Monate für Lohn arbeitete. Seine Augen blitzen vor Freude; er bringt Geld mit, Geld in dem kleinen ledernen Beutel; das kleine Feld ist unterdes leidlich gediehen; die Kuh ist noch am Leben; er dünkt sich reich und glücklich! Da sieht er plötzlich seine Kinder herbeilaufen, und er wird ernst und still; es fällt ihm ein, daß alles vielleicht nicht hinreicht, um die junge Brut durch den Winter zu bringen.

»Aber beim Teufel, lieber Mann, weshalb hat er auch so viele Kinder!« – »Ja«, sagt der Bauer dann, »die Obrigkeit ist auch gar nicht damit zufrieden. Sehn Sie, wenn unsereins heiraten will, da muß er erst auf dem Amt 150 harte Taler vorzeigen können, und kann er dies nicht, da mag er gehn – er wird nicht kopuliert. Wenn ich nun unsers Nachbars junge Liese gern leiden mag und kein Geld habe, was tue ich dann? Entweder muß ich bei einem Paderborner Juden das Geld borgen und abscheuliche Prozente bezahlen, oder –«, und dann sieht mancher junge Bauer verschämt zur Erde.

Am schlimmsten sind die Leute daran, welche sich durch irgendeinen günstigen Ackerfleck verleiten ließen, mitten in die eigentliche Senne zu ziehen, denn dort sind sie, wenn im Winter die ohnehin ungangbaren Wege ganz verschneien, von aller Welt abgeschnitten. Der Vorrat von Kartoffeln geht bald zu Ende; durch die schlechte Witterung, welche die Lehmwände der Hütten naß und feucht macht, brechen Krankheiten ins Haus herein; – mehrere Glieder der Familie liegen schon, die Alten an der Gicht, die Jungen am Nervenfieber darnieder – da macht der Gesundeste sich auf und eilt zu dem Prediger des nächsten Dorfes. Der soll trösten, helfen, retten. Man sagt ihm, ein Sterbender wünsche die Sakramente. Er kommt an Ort und Stelle, sieht den Jammer und die Not, sieht aber auch ein, daß das Heiligtum hier weniger helfen kann als eine wollene Decke, als ein gutes Brot. Ist es in seiner Macht, so unterstützt er aus eignen Mitteln, bescheinigt aber gewiß den kläglichen Zustand jener Armen, damit sie aus der nächsten Ortschaft ihren Pfennig von der Behörde und die Hilfe eines Arztes bekommen. Leider sind manchmal die Einkünfte einer Gemeinde aber nicht so groß, um jedem unglücklichen Einlieger helfen zu können, und, was noch schlimmer ist, oft findet sich auch, daß ein Bauer, nachdem er bei dem Gemeindevorstand um Unterstützung angehalten hat, gar nicht zu dieser gehört, also kein Recht darauf hat. Die

Grenzen der Länder, in jener Ebene durch nichts Hervorstechendes markiert, waren ihm nicht bekannt; er weiß nicht, ob er ein Preuße, ein Lipper oder was sonst ist, und ehe er sich von der einen Behörde an die andere wenden konnte, ist der Tod in seine Hütte hereingebrochen und hat mit seinem kalten Kuß allem Leid ein Ende gemacht. –

Senner-Pferde im Lippischen

Vor nicht gar langer Zeit fuhren wir von der lippischen Grenze ins Preußische hinüber und wurden auf dieser Postwagenreise durch den Sand mehr hin und her geworfen als in dem lustigsten Sturm auf dem Kanal. Hinter uns lagen die altsassischen Wälder, in denen wir noch am Morgen einen der größten Hirsche ventre à terre vorüberrennen sahen – vor uns dehnte sich die Ebene mit ihrem rotblühenden Heidekraut, das immer höher aufwuchert, wo ein Teich den Boden feuchter macht. Einige Kiebitze, die schlanken Bewohner der Heiden, hüpften über das Moor und ergötzten uns durch ihr helles Geschrei, in das bisweilen ein alter Frosch mit verständiger ernster Stimme einfiel. Nebenbei lenkte ein alter Förster unsre Aufmerksamkeit auf einige Fichten, in deren Umzäunung wir die Trümmer einer Hütte bemerkten, die das Feuer jüngst zerstört zu haben schien. Die Geschichte, welche der alte Mann darauf erzählte, machte bald unsrer heitren Stimmung ein Ende:

»Im letzten Winter, als abwechselnd durch Schnee und Regen alle Wege durch die Senne ungangbar gemacht waren, hatte in jener Hütte, welche jetzt als Trümmer vor uns lag, die Not ihren Gipfel erreicht. – Ein junger Bauer verlor sein Weib, was ihm sechs kleine Kinder hinterließ. Sie zu ernähren, war das wenige Geld, was er aus Friesland mitbrachte, bald draufgegangen, und eine gänzliche Mißernte machte, daß seine Scheune diesen

Winter ohne den gehörigen Vorrat von Früchten blieb. Dazu kam noch das lange Darniederliegen des Leinenhandels, der von England aus mit so großem Erfolg betrieben wird und der den Bauern jener Gegend, welche früher das Garn mit Nutzen zu Markte trugen, jetzt jede Möglichkeit nimmt, ihr Leben dadurch zu fristen. Alles hätte den jungen Bauer indes noch nicht niederbeugen können, denn noch blieben ihm ja zwei tüchtige Fäuste, die zu jeder Arbeit bereit waren und bei dem Bau des Armindenkmals in jener Zeit gerade die beste Gelegenheit dazu fanden. Aber, wie durfte er sich tagelang von seiner Hütte entfernen – sechs Kinder kauerten halb

nackt am Feuer, und im Winkel der Stube lag auf hartem Strohlager der alte Vater, krummgezogen von der Gicht, von den fürchterlichsten Schmerzen geplagt, der weinend seine Knie umfaßte und ihn bat, nicht davonzugehen. Mehrere Male war schon das größeste der Kinder in das nächste Dorf geschickt zu dem Prediger. Der Vater sei so krank, ließ man ihm sagen, er möge doch mit den Sterbesakramenten kommen.

Der Pastor war jedesmal erschienen – aber wozu der Trost schöner Worte? – Man ließ ihn rufen, weniger der Gottseligkeit wegen, als daß er noch einmal die Not sähe, noch einmal eine Unterstützung auswirkte oder vielleicht noch einmal in die eigene Tasche griffe; denn der kranke Vater machte noch keine Sterbemiene; sechzehn Wochen lag er schon am Boden, er war an Schmerzen gewöhnt, er wollte leider noch nicht sterben. – So ging der halbe Winter vorüber, die Gegend war von dichtem Nebel umhüllt; bald konnte man kein Kind mehr hinausschicken – es wäre in den sumpfigen Wegen, im Schnee, auf den unsichern Sandschichten unrettbar verloren gewesen; die Hilfe der Nachbarn wurde durch die vielen Armen immer kleiner, manchmal blieb sie ganz aus, und vom Hunger gestachelt, jammerten dann die Kinder in der Hütte umher.

Als die Sonne wieder einmal rot hinter den fernen Bergen hinabgesunken war und in der und um die Hütte das tiefste Dunkel lag, schleicht der junge Bauer aus der Tür, geht an die Wand, hinter welcher der kranke Vater lag, er schauert zusammen, zerdrückt noch eine Träne im Auge – und mit kräftigem Stoß reißt er die morsche Lehmwand auseinander. – Der Kranke, gänzlich erschöpft, ist gerade in festen Schlaf versunken, merkt nicht, daß ihm der kalte Nachtwind über das Gesicht streicht, und als er endlich wach wird, sich nicht von der Stelle bewegen kann und um Hilfe wimmert – da hört ihn niemand – man ist an das Jammern gewöhnt; der Sohn verbirgt sein Gesicht im Stroh, die Kinder schlafen. – Der Nebel ist indes verschwunden, in der Nacht wird es sternhell, es wird bitterkalt.

Um Mitternacht ist der Alte schon besinnungslos, als der Morgen kommt, ist er tot. –

Jetzt hat der junge Bauer nur noch für die Kinder zu sorgen. Nach einigen Tagen sieht man die Hütte in Flammen aufgehn. – Der Eigentümer steckte sie selbst in Brand und zieht mit den Kindern auf die nächsten Dörfer, um zu betteln.«

Wir schreiben dies in einer Fabrikstadt Englands, in einem echt chartistischen Loch, in dem Armut und Unheil zu Hause ist; man hat uns manche Sachen erzählt, die das Herz beben machen können, aber Geschichten, wie die erzählte aus der lieben *Heimat,* sind doch auch des Schauderns wert.

(1845)

Frau Einsamkeit

Die Einsamkeit wollte ich haben, nicht die schmerzliche, traurige, verlassene, die nicht, aber meine stille, gute, kluge, liebe Einsamkeit, die mir zuredet mit leisen Worten, die mir ihre stillen Lieder singt und mit mir geht, stumm und froh, durch die braune Heide, durch große, ruhige Weiten, die mir lieber sind als der schönste Wald, als die gewaltigsten Berge, als die herrlichsten Wasser.
So wanderte ich von Bielefeld über sonnige Höhen, wo die goldenen Ziströschen im dürren Grase brannten, durch alte Wälder, in denen kein Vogel mehr sang, über hohe, braune Heidhügel, deren strenge Farbe ein dürftiger Rosenschein milderte, nach Oerlinghausen und weiter zur einsamen Senne, dem Lande, das nie der Wanderer besucht, das nie die Neugier betritt, in dem die Menschen so spärlich sind und die Häuser so dünn gesät; ziellos und planlos wollte ich wandern, den Zufall zum Handweiser nehmend und die Wagengeleise als Straße, keine Karte, kein Reisebuch in der Tasche, die von Sehenswürdigkeiten reden und schönen Punkten, wo viel Volk ist und die Menge sich staut.
So stieg ich bergauf, an der Hünenkapelle auf dem Töns-

berge vorüber, durch Buchenwald, in dessen Schatten die Bickbeersträucher strotzten vom Segen der Waldfrau, vorüber an Quellsümpfen, mitten durch enkeltiefen Treibsand, bis sie vor mir lag, die herbe Senne. Und da sah ich sie auch, sah das gute Gesicht der ernsten, stillen Frau, und meine Augen nur grüßten sie, Frau Einsamkeit. Um ihren Kopf wehte ein zarter grauer Schleier, um ihre starken Glieder floß das braune, gelb geflammte, rosig überhauchte, grün besetzte vornehme Kleid, das langhin schleppte und den Treibsand mülmend aufwirbeln ließ; und so stolz sie ist und so langweilig sie sein kann bei lautem Volk, mich mag sie gern, und mir ist sie gut, weil ich gerade so still bin wie sie und nur froh bin bei ihr; denn sie ist eifersüchtig und duldet keinen neben sich; und so legte sie die feste, angebräunte, schöne Hand in meine und schob ihren Arm unter meinen und ging mit mir, den Rand der Senne entlang.
Einen Teppich hatte sie breiten lassen unter unseren Füßen, weich und schön. Blühende Heide war es und schneeweißer Sand und blaues Büschelgras, gestickt mit goldgelbem Habichtskraut; und da Grauduft den Blauhimmel verbarg, so hatte sie ein Stück Himmel heimlich mitgenommen und ihn zerpflückt und gab den Stückchen Leben und streute ihn nun vor uns her, daß er tanzte über die rosige Heide, ein Gewimmel kleiner blauer Falter, die jeder goldenen Sternblume einen Kuß gaben

und immer weiter vor uns hertanzten, leicht und lustig. Und auch ein bißchen Sonne hatte sie gestohlen und in große gelbe Schwalbenschwänze verwandelt, die vor uns hinschwebten. Und um jedes dürftige Heidblütchen summten die Immen, und überall fiedelten die Heimchen, und der Föhrenwald brummte undeutliche Lieder in den Bart.

Ach, was war das schön den Morgen, als dann die Sonne uns lachte! Alles so ruhig, so groß, so sicher weit und breit zur Rechten, wo aus der weiten Heide ein weißer Weg schimmerte, ein spitzer Turm glänzte, ein rotes Dach leuchtete in dem Braun und Grün, und links, wo am Berg im Buchwald die Sonne die Farne golden bemalte und das Moos leuchten ließ. Der Buchenwald links so laut und lebhaft in Wind, und rechts die Senne, still zuhörend seinem Geplauder.

Einmal nur fühlte ich den mahnenden Fingerdruck meiner Begleiterin auf dem Arm und blieb stehen. Mit den Augen zeigte sie nach dem Horst windzerzupfter Krüppelföhren. Dahinter schob es sich rot zum Holze hin mit langen schlanken Läufen und beweglichen Lauschern und großen, dunklen Augen, hier noch ein Hälmchen zupfend, da ein Blättchen nehmend, ein Rudel Wild. Lautlos glitt das Wild über den Weg und zerfloß im Schatten der Buchen. Und noch einmal drückte Frau Einsamkeit meinen Arm und lächelte. Da standen zwei

Donoper Teich

Frauen, halb gebückt, noch die Braken, die sie zur Feuerung suchten, in den Händen, und sahen uns still verwundert an. Wann kommt hierher wohl je ein Stadtmensch? Stumm nickten sie auf unser stummes Nicken und sahen uns nach.

Als die Sonne den Morgennebel fortjagte, da summten fröhlicher die Immen, tanzten vergnüglicher die Bläulinge, goldgrünschimmernd flog vor uns her der Sandläufer flinke Schar, silberflügelige Jungfern umknitterten uns. Auch der Wind lebte auf und stieß die ernsten Föhren in die Seiten, daß sie mürrisch-lustig brummten, und den Triebsand nahm er und begrub darin die schwarzen Föhrenäpfel und die silbergrauen Wurzeln und krümelte ihn auf die sonnenfaulen Eidechsen, daß sie ängstlich in die Heide schlüpften.

Ein Mensch begegnete uns, ein Mädchen, groß, blond, blauäugig, das mit den starken braunen Armen die schwere Karre voll Plaggen vor sich hinschob in dem Mehlsand. Freundlichernst nickte sie uns zu. Ob sie wohl wußte, wie schön sie war in ihrem selbstgewebten Rock, mit dem schlichten Haar? In den grünen Wald gingen wir dann, wo die zarten Farnfächer im Winde zuckten und die Schatten mit den Lichtern Kriegen spielten, bis schwarzweiß und grün der Dörenkrug uns winkte zur Rast unter schattigem Lindenbaum, zu kurzer Rast, und dann nahm uns wieder auf kienduftiger Wald, eines toten Fürsten Jagdrevier. Hier hatte er geweidwerkt Tag für Tag, der Eisbart Woldemar, und auf den edlen Hirsch gepirscht in Abendnebel und Morgentau, in Frost und Glut. Wer weiß, was ihm das Leben getan hatte und die Menschen, daß er ihnen aus dem Wege ging und immer da sein wollte, wo Fährten den Boden narbten und Schälstellen die Rinden zerrissen, wo unter den Schalen des Edlen das Geknäck brach und wo des Starken Brunstruf klang über Berg und Tal, wo der grimmige Basse seine Gewehre an den Knorrwurzeln der Eichen wetzte und Wodans Rabe über braunzapfigen Wipfeln krächzte. Hier lebte er mit Frau Einsamkeit, bis ein Stärkerer ihm zurief: »Jagd vorbei!«

Sennegestüt Lopshorn

Am Donoper Teich standen wir dann lange und sahen in die klare Flut, in der Nixenkraut grün vom Grunde wucherte; uralte Bäume flüsterten und rauschten, und der Bach schwatzte, wie ein Kind in ernster Leute Kreis. Aber laute Menschen störten uns fort von dem stillen Ort, und weiter zogen wir, an tückischem Machangel und waffenstarrendem Fubusch vorbei, an toter Eichen Gespensterleibern, an Dickungen, in denen die Sauen bliesen, auf Lopshorn zu, des toten Weidmanns Jagdschloß. Der Markwart meldete uns krächzend, die Amseln schimpften, und mißtrauisch sah Hirschmann, der rote Schweißhund, den unbekannten Landläufern entgegen, bis seine feine Nase ihm verriet, daß wir wohl wert wären einer freundlichen Begrüßung. Ein Stündchen Ruhe in kühler Hopfenlaube, bis die laute Neugier auch hierher kam und uns weiter trieb auf die weiße Kalkstraße, wo uns Riesenbuchen Schatten gaben, bis uns mit Sand und Heide und Föhren die Senne wieder aufnahm. Unter dem Schatten der Föhren im dürren Grabengras schauten wir stumm in die lange, breite Trift, die schwarze Föhren ummauerten. Wir träumten von alten Tagen, wo noch das Elch hier stand. Unser Traum trat uns in die Augen. Zog es da nicht heran, hoch im Widerrist, zwischen den Stämmen? Schnaubte es da nicht laut und wild? Die freien Sennepferde waren es, wohl dreißig, die da, ledig von Zaum und Eisen, nackt und ungeschirrt, über die Trift zogen, die Nasen im Wind, wie Wild. Und eins warf sich in den Mehlsand der Trift und suhlte sich, daß es mülmte, und noch eins, und wieder eins, die gelbe Wolke qualmte zwischen den schwarzen Föhren, aus ihr zuckten Beine und Hälse und Schweife, und ein Gewieher erklang, so frei, so stark, wie nie ein Roß wiehert, das Zaum und Zügel kennt. Wir lagen mäuschenstill im Grase, an den freien Tieren die Augen labend, bis Stück für Stück aufstand und weidend und wedelnd drüben in den Föhren verschwand. Lange noch hörten wir ihre Glocken klingen.

Dann tauchten wir wieder in der Senne unter, in der Kammersenne, die weit und unabsehbar vor uns lag, immer gleich und immer anders, so arm und doch so reich. Stunde auf Stunde verrann, keine Seele begegnete uns. Da ein Dach, dann wieder eine Stunde Einsamkeit, dann ein Hof, und wieder eine braune Weite, flache rosige Hügel, eine krüpplige Föhre, einige Sandblößen als weithin sichtbare Merkzeichen darin, aber kein Bach, kein Teich, nur die arme dürftige Heide. Ganz langsam gingen wir hier mit weitem Herzen und offenen Augen, glücklich und still, noch eine Stunde und noch eine, bis die Straße nach Horn in Sicht kam und viele laute Menschen.

Erst dann zog Frau Einsamkeit ihren Arm unter meinem fort und nickte mir zu, und das Nicken sagte: »Auf Wiederkommen!« Und mein Nicken sagte auch: »Auf Wiedersehen, Frau Einsamkeit!« *(1928)*

»Lang', lang' ist's her!«

»Nicht hier ist es kühl und frisch?
Quellen stürzen durchs Gebüsch;
Über ihre Kiesel keck
Springt die lust'ge Berlebeck.

Vorwärts nun und aufwärts nun!
Vorwärts! oben magst du ruhn!
Vorwärts über Knick und Schling!
Sieh doch, schon der Hünenring!

Riesige Mauern alter Zeit;
Busch und Kraut ihr struppig Kleid!
Barhaupt, Knabe, schreit hindurch:
Dich umfängt die Teutoburg!

Hermanns Burg und Hermanns Haus!
Hier bedacht' und führt' er's aus;
Hier am Berghang hielt er Wacht,
Schlug im Grund dort seine Schlacht.

Doch nun auf zur Bergesbrau!
Wir sind oben, – welche Schau!
Sieh dich um, hier sieht sich's weit,
Weithin späht der alte Teut!

Um und um, das rauscht und wallt!
Wald und Berg, und Berg und Wald!
Tapfre Berge, wackres Holz!
Eichen und Buchen schlank und stolz!

Sieh, und drüben, warm besonnt,
Zwischen Gebirg und Horizont,
Leuchtend wie sie Hermann sah,
Liegt Norddeutschlands Ebne da!

(1875)

Lemgo und Detmold

Die alten Edelherrn zur Lippe saßen auf ihren Burgen zu Lipperode, Vornholte, Blomberg und namentlich Brake, einem jetzt sehr verfallenen und wüsten, großen Burgbau aus dem 16. Jahrhundert, der in der unmittelbaren Nähe der ersten Stadt des Landes, des alten Lemgo liegt, das, einst der Hansa angehörend, in seinen Bauwerken Zeugnisse früherer größerer Bedeutung aufweist – in seinen mittelalterlichen Giebeln und in seinen Kirchen, von denen die Nicolai- und die Marienkirche beachtenswert sind. Jene stammt aus der Übergangsperiode, ist durch Zusatzbauten im 13. und 15. Jahrhundert erweitert und zeigt ein sehr reiches Nordportal. Die Marienkirche ist eine frühgotische Hallenkirche mit Chorfenstern voll schönen Maßwerks und Denkmälern eines Lippischen Grafenpaares. Daneben ist das Rathhaus zu Lemgo beachtenswert, es ist ein spätgotischer Bau mit Anbauten aus der Renaissance-Zeit – einer der Giebel zeigt die Jahreszahl 1589. Auch einen »Fürstenhof« hat Lemgo; doch nicht hierher, sondern nach Detmold verlegten die Edelherrn von der Lippe im 16. Jahrhundert, in welchem sie auch den Grafentitel annahmen, ihre stehende Residenz, als die Bedürfnisse einer moderner gestalteten Regierung sie zwangen, ihren Sitz aus einer ländlichen Burg in einen größeren Ort zu verlegen. Doch haben sie in diesem Detmold – Thietmelle wird es von dem Annalisten genannt, welcher berichtet, daß hier Karl der Große einen großen Sieg über die Sachsen erfochten, der, durch eine zweite Schlacht an der Hase im Osnabrück'schen vervollständigt, im Jahre 783 die Unterjochung Westfalens entschied – sich nur bescheidene und anspruchslose Wohnsitze geschaffen. Monumente der Baukunst von Bedeutung fehlen. Ein beachtenswertes Museum ist im Entstehen begriffen. So scheiden wir ohne viel Bilder, doch nicht ohne Erinnerungen mit fortzutragen aus der reizend freundlichen kleinen Stadt – Erinnerungen an Grabbe, den »lapidarischen Dramatiker«, der hier 1801 geboren wurde, an die treffliche Fürstin und Regentin Pauline zur Lippe, welche 1820 hier starb. –

Die schönsten Partien, die man von Detmold aus machen kann, sind die zum Falkenberge, auf die Grotenburg oder den Teut, und die, welche diesen Berg zur Linken lassend, durch die Schlucht, welche er mit seinem westlichen Nachbar bildet, dann links um die Grotenburg herum, immer durch die herrlichsten Buchenwaldungen und Eichenhaine, zum Petri-Stieg führt, wo eine schöne weitgedehnte Aussicht sich bietet auf ein reich bevölkertes und bebautes Land, dem nur die Windungen

Detmold und die Grotenburg

und Gestade eines großen silberwogigen Stromes fehlen, um sich kühn berühmteren Aussichten unseres Vaterlandes an die Seite stellen zu dürfen. Zunächst im Tale unten liegt das Dorf Heiligenkirchen, das aus seinem grünen Laube mit den roten Ziegeldächern, dem hohen Turme und der pittoresken alten Kirche freundlich hervorschaut; das schattige Tal der »Berlebecke« führt unten von Detmold her zu diesem reizend gelegenen Orte, der, einer der ältesten im ganzen Ländchen, schon 1036 in einer Urkunde vorkommt; ja Karl der Große selbst soll die Kirche den Heiligen gestiftet haben, welche ihm zu seinem Siege über die Sachsen bei Thietmelle beistanden.

Eine weit anstrengendere Partie, eine ziemlich kühne Wanderung ist die, welche uns weiter führen soll; es gilt nämlich nichts geringeres, als die erste beste der Höhen

Heiligenkirchen

des Osnings zu erklimmen, welche das Tal von Detmold gegen die Stürme des Südwests beschirmen und dort oben von Kuppe zu Kuppe, durch Schlucht und Hain und Busch und Stein einen Weg uns zu brechen, immer dem Zuge gen Nordwesten nach, welchem die Berge folgen. So gelangen wir zu einer unsrer merkwürdigsten »Hühnenburgen«, den Wällen auf dem Tönsberg, hinter denen die Sachsen sich hielten in der Schlacht von Thietmelle. Sie ist mühsam, die Reise, aber oben auf der Höhe winkt der Lohn, der Blick in die weiteste Ferne.

(1872)

Lemgo

Das Lippesche Land, zwischen Paderborn, Münster und Köln sich erstreckend, von den Cheruskern bewohnt, ist mit den stolzesten Erinnerungen unserer Geschichte verbunden; denn, mag auch die Forschung andere Schauplätze für die Hermannsschlacht ausfindig machen, der Volksglaube wird sich schwerlich vom Teutoburger Walde vertreiben lassen. Die Landschaft, schlicht, träumerisch bewegt, Wiesen von Baumgruppen durchsetzt, von lispelnden Bächen durcheilt, mit ihrer Weite zu unendlichem Schweifen einladend, empfinden wir als besonders deutsch. Da gibt es Bauernhäuser, wie sie vor Jahrhunderten gewesen sein mögen, mit breit ausladendem Dach und hohem und breitem Tor, das ein heller Rand umgibt mit einem Bibelspruch und den Namen der Erbauer, des Mannes und der Frau. Sie zeugen von fleißigen, ernsten, bedächtigen Bewohnern, denen ihr Haus, ihre Burg und ihre Scholle ihr Vaterland ist. Abhängigkeit hassend, trotzig und furchtlos, hatten diese Bauern wohl das Zeug, ihre Heimat von volksfremden Feinden wie auch von einheimischen Tyrannen zu befreien. Zwei große in Detmold geborene Dichter, Grabbe und Freiligrath, haben

den Zug ins Große, zur Freiheit, zum Kampf und eine unbändige Phantasie gemeinsam.
Bauern dieser Flur sammelten sich in der Stadt, die den Namen eines Gaus, nämlich des alten Lehmgaus, behalten hat: Es ist der fremdklingende Name Lemgo. Überall im alten Reich, namentlich in kleineren Orten, betrieben die Stadtbürger mehr oder weniger Ackerbau und behielten bäuerliche Art, mehr vielleicht als die eigentlichen Bauern, die in Abhängigkeit gerieten und etwas Gedrücktes bekamen; in Lemgo war das ganz besonders der Fall. Noch immer wirkt das Land mit sanfter Schwingung in die Stadt fort und bläst seine langgezogenen Hirtenflötentöne durch die betriebsamen Gassen. Die Häuser blieben im Grunde Bauernhäuser, wie auch ihre Giebel umgestaltet und die Balken ihres Fachwerks ausgeschmückt wurden, ihre Bewohner blieben störrisch, selbstbewußt, abseits, in aller Stille an der Ausgestaltung ihres Gemeinwesens tätig. Tuch- und Leinenbereitung machte sie wohlhabend, sie wurden Mitglieder der Hanse und, wenn ihnen daran gelegen gewesen wäre, hätten sie sich zur Reichsstadt aufschwingen können, denn sie wurden zu den Reichstagen eingeladen; aber sie scheuten sich offenbar vor neuen unbekannten Verpflichtungen und dachten mit ihren Lippischen Grafen gut fertig zu werden. Obwohl eine kleine Stadt, ist Lemgo aus zwei Städten erwachsen; Simon V. gründete 1283 die Neu-

stadt, die lange durch Graben und Mauer von der Altstadt getrennt war.
Man geht durch die Stadt, wie wenn man ein großes Bilderwerk durchblättert, ein Tausendundein-Haus-Bilderbuch voll Märchen, Fabeln, Schwänke und Balladen, die bald traurig, bald lustig und auch schaurig sind. Die Hauptpersonen sind die beiden Kirchen, von denen die Nikolaikirche die ältere ist; ihre mit Blei gedeckten, grauschimmernden Türme sind das Wahrzeichen Lemgos.

Nikolaikirche zu Lemgo

Sie sind auf das willkürlichste ungleich: Der eine trägt eine spitz zulaufende Pyramide, der andere eine barock geschweifte, überaus zierliche Haube. Dieser, Spielturm geheißen, gehörte dem Rat, der andere der Gemeinde. Ihr bleiches Grau kann zusammen mit dem Korallenrot der Dächer unheimlich wirken. Um die Nikolaikirche herum gruppieren sich dicht aneinandergedrängte kleine malerische, halb von Laub verdeckte Häuser, als wenn sie Zuflucht suchten, weiterhin umgibt sie das Rathaus wie ein stolzer Schild. Verschiedene Jahrhunderte haben daran gebaut, immer herrenmäßig und aus vollem Säckel. Mit dem Platz wurde in Lemgo nicht gegeizt; es wurde nicht einmal alles Land bebaut, das in die Mauern einbezogen war.

Eine seltsame Erscheinung ist die der Maria geweihte Pfarrkirche der Neustadt. Infolge schlechten Baugrundes senkte sie sich dermaßen, daß der Boden beträchtlich erhöht werden mußte; infolgedessen stecken die Portale und die Säulen im Innern tief in der Erde. (...)

Zwischen den vornehmsten Punkten, von einem Tor zum andern ziehen sich die langen Bänder der Straßen mit wohlerhaltenen Giebelhäusern, gotischen Fachwerkhäusern und Steinbauten im Stil der Renaissance und des Barocks. (...) Besonders harmonisch wirkt das mit Pflanzenmustern bestickte Fachwerkhaus Alt-Lemgo; hier haben Handwerker wie Künstler gearbeitet. Dergleichen

Das Hexenbürgermeisterhaus

Häuser muß man hier nicht zwischen modernen Durchschnittshäusern herausstechen, sondern sie stehen aneinandergereiht da, eine umfassende, Hoch und Gering verbindende Kultur darstellend. Das geschmückteste von allen Häusern ist wohl das sogenannte Hexenbürgermeisterhaus mit Muschelfüllung in den Staffeln des Giebels, korinthischen Halbsäulen zwischen den Fenstern und zwei angenehm ungleichen Ausluchten. Über dem Rundbogen des Portals stehen auf einem Sims Adam und Eva zu beiden Seiten des Baumes mit der Schlange, hoch oben im Giebelfelde als Spitze der Pyramide erscheint Christus mit Weltkugel und Kreuz, so daß die Geschichte der Menschheit, vom Sündenfall zur Erlösung aufsteigend, in Bildern angedeutet ist. Erbauer des Hauses war Hermann Cruwel, Patrizier und Bürgermeister, verheiratet mit Elisabeth Fürstenau von Herford. Hundert Jahre später besaß es der Bürgermeister Hermann Kothmann, der im Jahre 1667 fünfundzwanzig Hexen verbrennen ließ. Sein Vorgänger, Doktor Kerckmann, hatte ihn an Eifer noch übertroffen. Auch Männer wurden Opfer der Wut, so der kaiserliche Oberstleutnant Joh. Abschlag, der vorher noch mit der Wasserprobe geplagt wurde, und der Pastor an der Nikolaikirche, Johann Koch. Ein anderer Pastor, Johann Kämpfer, rettete sich durch die Flucht; sein Sohn Engelbert bereiste in schwedischen und holländischen Diensten Rußland, Persien, Indien,

Java, Japan und Siam und hat eine Geschichte und Beschreibung von Japan verfaßt. Im Jahre 1681 wurde unter dem Bürgermeister Kothmann die letzte Hexe, eine Witwe Blattgerste, verbrannt. Von den Familien Kerckmann und Kothmann sind Grabsteine in der Marienkirche. Das Häuslein des von ihnen so stark beschäftigten Scharfrichters steht in der Neuen Straße und trägt die Inschrift: »David Claus und Angenesa Brökers Anno 1665. Mein Gast aus und ein – las dir Gott befohlen sein.«

Die Landesherren durften zufolge von Privilegien Lemgos ein befestigtes Haus in der Stadt nicht haben, besaßen aber seit alters einen Hof, den sie zuweilen bewohnten, zuweilen an Lemgoer verpachteten. Er wurde in der Mitte des 18. Jahrhunderts neu erbaut und ist ein vornehmes, klassisches Gebäude, jetzt Gymnasium. Um aber doch in der Nähe ihrer reichen Stadt eine Feste zu haben, erwarben die Herren von Lippe den Edelhof Brake vor dem Ostertore, eine von der Bega umflossene Wasserburg. An Stelle des alten Hauses errichtete Simon VI., ein angesehener Mann im Reich, Kreisoberst von Westfalen, um 1585 durch den Lemgoer Meister Hermann Wolf ein prächtiges Schloß. Es wurde bald im Kampf erprobt, als der kalvinische Simon seine Konfession den Lemgoern aufzwingen wollte. Da häufige Erörterungen und eine bittere Beschwerdeschrift des Grafen

Schloß Brake

an den Kaiser nichts bewirkten, schritt er zur Belagerung, worauf der Rat sich bequemte. Die Bürgerschaft indessen setzte den allzu nachgiebigen ab und einen neuen ein, der die reformierten Prediger vertrieb. Noch einmal und noch einmal belagerte Simon die Stadt, wurde aber mitten im Kampfe durch das göttliche Schiedsgericht des Todes im Jahre 1613 abgerufen, worauf sein Sohn Simon VII. sich zu einer gütlichen Lösung bereit erklärte. Da jedoch, wie er sich ausdrückte, die Insolenz der Lemgoer sich in die Länge zog, entschloß auch er sich zur Belagerung, aber wiederum ohne Erfolg: Die Stadt setzte durch, daß ihr freie Ausübung ihrer Religion und das Recht, die Prediger zu berufen, zugebilligt wurde.

Dieselbe Hartnäckigkeit haben die Bürger auch bei der Einführung der Reformation bewiesen. Der damalige Landesherr, Simon V, war katholisch geblieben und bemühte sich im Verein mit dem Bischof von Paderborn, Lemgo beim alten Glauben zu erhalten. Allein der vom letzteren hingesandte Kaplan Hasewinkel wurde von der in Lemgo herrschenden lutherischen Stimmung erfaßt und stimmte in der Marienkirche plötzlich in die deutschen Gesänge ein. Wie anderwärts waren auch hier die deutschen Lieder das Zeichen, woran die Abtrünnigen sich erkannten. Eines Tages schickte der altgläubige Bürgermeister Konrad Flörke einen Ratsdiener in die Kirche, der sich die rebellischen Sänger deutscher Lieder merken sollte. Er kehrte mit der Nachricht zurück, sie sängen sie alle. »Ei, alles verloren«, rief der Bürgermeister aus und verließ die Stadt.

(1929)

Schulmeister Michel Haas

Als ich das böse Fieber durch die mütterliche Pflege wieder losgeworden war aus den Adern und Gebeinen, ging ich von neuem fort, aber nicht zurück nach Lippstadt, sondern nach Detmold auf dasiges Gymnasium, wo der Herr Rektor Hilger mit mir nach Herberhausen ging, einem adeligen Gute nicht weit von der Stadt, worauf ein Konduktor wohnte, der zwei noch kleine Kinder hatte, welche ich unterrichtete. Mußte ich denn täglich nach Detmold zur Schule gehen und auch hier zweimal wöchentlich im Chore singen; dann kam ich in die Stadt zum Herrn Oberstallmeister von Heyderstedt, allwo ich einen Junker zu informieren hatte. Zu Herberhausen aber geschähe vorher mir noch etwas, was ich erzählen muß. Hatte der Konduktor auch noch drei erwachsene Töchter, deren jüngste vor mir aufging wie ein Sonnenstrahl an einem Regentage. Auch ich gefiel ihr, und so wurden wir vertraut und kam es, daß ich ihr versprach, sie zu heiraten und heimzuführen als mein ehelich Weib; wann und wohin, das hätt' ich wahrlich nicht sagen können.
O törichter Einfall und närrisches Versprechen von einem jungen Fäntchen!

Wurde der Vater bald gewahr, wie es um uns stand, da er meine Schuhspange fand, wo sie nicht hingehörte. Lief er mit der verlorenen Spange zum Rektor und gab es ein groß Spektakulum und mußte ich derohalben fortbleiben aus der Schule und dem Chor. Da wir nun einstmals um Mittags am Tische saßen, holte mein *hospes* die Spange herfür und fragte mich, ob das die meine wäre?
»Ja!« *respondebam* und duckte mich, denn er ergriff seinen Zinnteller und wollte mich damit auf den Kopf schlagen. Seine Frau aber fiel ihm in die Arme und wehrete ihm. Die Töchter aber und ich flohen vom Tisch, als ob der Weih zwischen ein Hühnervolk gestoßen sei, und mein blonder Schatz weinte bitterlich genug.
Das gab mir einen Mut, und von der Tür aus sprach ich dem wütenden Haustyrannen entgegen: Es sei noch lan-

Gut Herberhausen

ge kein Schelmenstück um die ehrliche Liebe, und ein junger Mensch könne schon einer schönen Dirne in die Augen sehen.

Er aber schrie, wenn er mich attrapierte, wolle er mir Arm und Bein zerschlagen.

Hierbei blieb es, und ich informierte nach wie vor; meine Liebe wurde auch nicht geringer darum.

Was geschieht?!

Es war ein Winternachmittag, der Schnee lag hoch, die Raben spazierten durch den Schnee, und meine *hospita* war nicht zu Hause, sondern zu einer Freundin zu einem Schwatzstündlein gegangen; der *hospes* rumorte auf dem obersten Boden herum, und wir versahen uns nichts Böses von ihm. In der kleinen Stuben saßen die drei Mädchen an ihren Spinnrädern und ich am Tisch vor dem Kalender, las aber nicht darin, da er noch dazu mit Nächstem zu Ende ging und ich ihn schon ein Jahr lang kannte. Es herrschte ein heimlich Geraun und Gekicher und dazwischen ein helles Lachen hinüber und herüber, bis endlich die Räder ganz aufhörten zu schnurren und surren. Da stand im Fenster in einem Scherben ein Rosmarinbaum, den hatte mein Liebchen gezogen, und er gehörte ihr. Ich bat um ihn, und als ich ihn geschenkt erhalten hatte, da brach ich ihn und flocht eine Krone daraus, und alle drei Jungfern halfen. Dann trugen wir ihn die Stiege hinauf, und ich band ihn an der Töchter Kammer

mit den Zweigen, und mein Schatz schlug die Hände vor das rosenrote Gesicht und schaute durch die Finger dem zu und lachte und freute sich. Aber wie das Feuer unter die Rotte Korah, so schlug das Unheil zwischen uns.
»Was machst du Dirn bei dem Kerl?« erschallte es hinter uns, und ein Knüttel fuhr hernieder nach rechts und links auf Kopf und Schultern, Arm und Bein, wie es traf. In die Kammer und wieder heraus schlug der Tyrann seine Tochter, wie ich mich auch dazwischenwarf, daß ich das meiste bekäme. Endlich kriegte ich ihn beim Kragen zu packen und drückte ihn gegen die Wand, daß ihm die Augen aus dem Kopf traten, und ließ auch nicht los, als er mich auf die Nase schlug, daß das Blut hell herunterlief. Als er still war, ließ ich ihn, denn ich gedachte: Er ist doch dein Herr! Mein Bündel mußte ich aber schnüren, denn hier war meines Bleibens nicht ferner. Nahm Abschied mit Tränen und watete denselben Abend noch durch den Schnee und die Nacht nach Detmold. Wohl kam mein Schatz heimlich und wollte mich zurückhaben, und die *hospita* wäre auch damit zufrieden gewesen, aber der Rektor Hilger legte sich drein und schaffte es, daß ich zu dem Oberstallmeister kam, wie ich schon gesagt habe. Bei Letzterem blieb ich ein Jahr lang, dann mußt' ich fort und ging nach Lemgo, wo sich der Weg ins Verderben vor mir auftat, breiter wie sonst nie in meinem langen Leben. Geriet ich zu einem Bäcker, na-

mens Knöbge, einem Witwer, dessen älteste Tochter ihm den Haushalt führte. Diese hatte ein unehelich Kind von acht Jahren, welches ich informieren sollte, und ging dieses *feliciter* an, ging ich auch dabei hier nochmalen in die Schul und das Chor. Das war ein seltsam Leben voll viel Anfechtungen des Teufels. Ach, sind nicht die Frauensleute schuld an aller Versuchung der Menschenkinder, seit den Tagen, da Eva den Adam verführte zum Apfelbiß?

Der Welt nach hatt' ich das herrlichste Leben und aß die schönsten Kuchen, und kam das böse Weib oft des Nachts, wenn sie buken, und steckte mir den frischen Zwieback in den Mund. Zu den Kleidern kaufte sie mir im Krame, was ich wollte, und schenkte mir einen Hut mit einer silbernen Spitzen. Wenn die Schulkameraden zu mir kamen, durfte ich sie traktieren nach Herzenslust, und sie saß nieder mitten zwischen uns und sang mit und schaute nach rechts und links, nach mir aber am meisten. Der alte Vater aber durfte das Maul nicht auftun und kaum zu dem Treiben den Kopf schütteln; denn was die Tochter wollt' und tat, das war alles wohlgewollt und wohlgetan.

Da wurd' ich auch hier in Lemgo vor den Rektor zitiert. Hu, der Reden, die er mir hielt.

»Söhnlein, Söhnlein, und wenn sie dir nun etwas in den Kuchen backt, daß du nicht von ihr abkommen kannst dein Leben lang? *Cave, cave,* Michel Haas; Stricke sind dir gelegt und Schlingen sind dir gestellt. Gib acht, daß du nicht in die Grube fallest, aus der keine Wiederkehr und Rettung ist!«

Das ging mir wahrlich zum Herzen, aber wie war da zu helfen? Wußte der Rektor solches fast so wenig Rat als ich selbst. Das von dem Zauberwerk, welches sie mir eingeben konnt', kam mir nicht aus dem Sinn bei Tag und Nacht, und je freundlicher sie ward, desto heftiger drehte sich mein Magen um, desto mehr wandte sich mein Herz und mein Sinn von ihr. Ein Brieflein von der Mutter kam dazu und zur rechten Zeit; ich floh wie der Joseph

Rathaus zu Lemgo

vor dem Weibe des Potiphar, ließ aber meinen Mantel nicht zurück, sondern brachte meine Sachen, eins nach dem andern, aus dem Hause, ganz unvermerkt, bis auf den Kasten, darin sie waren. Der gehörte dem schönen wilden Weibsbild. Es war um Neujahr, als ich die Flucht nahm, und gab vor, ich und noch ein paar Schüler wollten aus, »stapeln« gehen.

War das eine Sitte zu der Zeit bei den Studenten zu Lemgo. Wenn man kein Geld hatte und der Magen mehr brummte und knurrte, als nötig war, so ging man aus, ein paar Meilen von der Stadt, und sang in den Städten und auf den Ämtern bei den vornehmen Leuten das Neujahr, acht Tage lang. Dann kam man heim mit Geld und Eiern und Säcken voll allerhand guter Dinge, und das lustige Leben konnte von neuem beginnen!

Das war also ein Vorwand, gegen den kein Mensch etwas haben konnte, und so glaubte man mir auch, und zog ich ab, alle Taschen voll süßen Gebäckes, auf Nimmerwiedersehen. Alle meine Kameraden begleiteten mich mit Gesang durch die Straßen vor das Tor; denn auf Schulen wollt' ich nun nicht wieder gehen, sintemalen mir däuchte, ich wisse alles, was man brauche zum Informieren. Am Tore ward ich der Reihe nach nochmalen geherzt und geküßt von allen, und ward mir ein feierliches Valet zugetrunken. Dann lief ich allein hinein in den dicken Nebel, der die ganze Welt umher verhing. *(1859)*

Wilhelm von Donop

Das Bad zu Meinberg

Es sei mir erlaubt, der Kraft dieses Brunnens nur mit zwei Worten zu gedenken: 1) Wenn ein Hund in den Dunstkreis des Brunnens mit Gewalt hineingebracht wird, denn kein Tier nähert sich freiwillig diesen Mineralquellen, außer der Frosch, die Kröte, und die Mücke, so fängt er gleich an, den Kopf in die Höhe zu halten, er schnaubt, der Speichel rinnt ihm aus dem Munde, und es dauert keine Minute, so fällt er wie tot dahin. Ohne freie Luft kann das Tier sich nicht wieder erholen. 2) Eine Henne erstickt, so bald sie nur in den Dunst gehalten wird; und die Ente, wenn sie auf das Wasser gesetzt wird, fängt sogleich an mit den Flügeln zu flattern, steckt den Schnabel ins Wasser, niest einigemal hintereinander und stirbt. 3) Der Frosch verträgt die Ausdünstung sehr lange, er eilt nach derselben, bläst sich auf, streckt seine Beine aus und stirbt. 4) Die Mücke tanzt hoch über dem Wasser her, und stürzt wie ein Pfeil, wenn sie der Ausdünstung zu nahe kommt, aufs Wasser herab.

Der Mensch empfindet, wenn er sich dem Brunnen nähert, eine außerordentliche Wärme um die Beine, welche sich bis an den Unterleib erstreckt, eine Wärme, welche

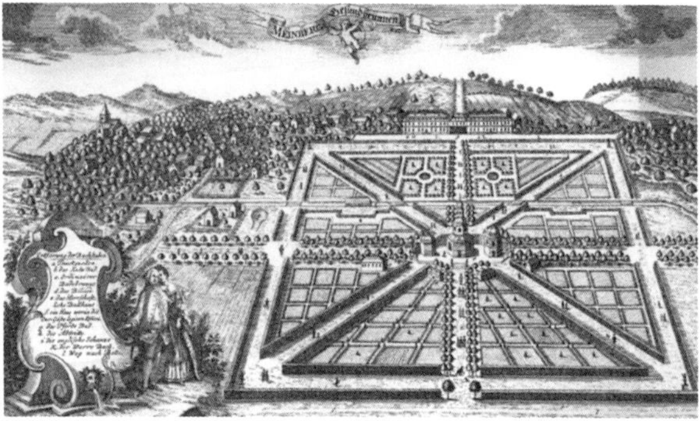

durch ein natürliches Feuer scheint gemacht zu sein, auch bei der strengsten Kälte den Schweiß hervorbringt, und vornehmlich an den Geburtsgliedern wahrgenommen wird.

Denen, welche sich oft bei dem Brunnen einfinden, werden die silbernen Schnallen auf den Schuhen anfangs gelb, nachher schwarz wie Eisen. Die silbernen Uhren, und sogar das Geld in den Taschen, sind davon nicht ausgeschlossen. Das Eisen rostet in kurzer Zeit von der über dem Wasser schwebenden Ausdünstung, und das Thermometer zeigt, wenn es in die Ausdünstung hingehängt wird, keine Veränderung an. – (...)

Die Farbe des Meinberger Mineralwassers ist bei der Quelle rein, durchsichtig, helle, wie reines Quellwasser, und gefriert nie; wird es aber gefüllt, so wird das Wasser etwas weißlich und gefriert, wenn es in die Kälte gesetzt wird. Denen, welche sich des Meinberger Mineralwassers zu Bädern bedienen, kommts vor, als wenn sie sich in einem mit Seife vermischten Wasser befänden. Auch hat der von den Bädern aufsteigende Dunst die Kraft, Vögel zu ersticken. Beim Baden hat dieses Wasser eine sehr große Kraft zu erweichen, und die Schmerzen zu stillen; daher es in Lähmungen, Krämpfen und steifen ausgetrockneten Gliedern schon große Dienste geleistet hat. Nur die Ausdünstung dieser Mineralquellen widerstehen der Fäulnis. Wirklich faulendes Fleisch wird in diesem Dunste wieder frisch, und verlieret seinen stinkenden Geruch. Frisches Fleisch aber verfault in diesem Dunste nach einer Dauer von vier Wochen gar nicht, sondern bleibt frisch und ohne Geruch.

(1790)

Gottfried August Bürger

An die Nymphe zu Meinberg

Preis, Nymphe, dir! Dein Kraftquell siegt oft,
Wann Außenglut den derben Bau umlodert.
Doch tröste Gott den Hausherrn, der noch hofft,
Sobald der Kern in Schwell' und Ständer modert.

(1789)

Der Galgenstreit zwischen Salzuflen und Schötmar

Im 16. und 17. Jahrhundert gab es zahlreiche Streitigkeiten zwischen den beiden Nachbarorten Salzuflen und Schötmar. Was der eine nicht hatte, gönnte er auch dem anderen nicht.

Zwischen den beiden Orten, auf der früher zu Salzuflen gehörenden Wisch, stand auf dem Galgenbrink der Salzufler Galgen.

Als nun eines Tages in Schötmar ein armer Sünder zum Tode verurteilt worden war und gehängt werden sollte, bat man den Rat der Stadt Salzuflen um die Erlaubnis, zur Exekution den städtischen Galgen am Galgenbrink benutzen zu dürfen. Dies wurde jedoch mit den Worten verweigert: »De Galgen es för us un iuser Kinner.«

Worns in'n Lippsken

Worns*) in'n Lippsken liggt'n lüttget Dörp. Kümmt'n frömden Keerl de Stroden hendal. 'n Gelehrten es heu, eun Professor, de Land un Luie erforscht un Boiker schriwt. Vörn Kreoge sitt'n äolen Keerl upper Bank. »Das ist bestimmt ein Eingeborener«, denkt de Mann un set't 'er sick bui. Heu kümmt'er äok met int Küern und frögt düt un dat. Up suine Froge no kulturellen Dingen werd heu gewohr, datt seu dor nenne öffentliche Iuer hat un äok nenn »Örtchen«.

»Jo«, seggt de Äole, »dor midden in'n Dörpe unner de äolen Boiken, dor steuht'n gräode Tunnen, dat es iuse Iuer un iuse ›Örtchen‹, wenn de vull es, dann est jümmer just Middag.«

»So, so!« wunnert sick de Frömde, »kann man sich denn immer auf diese originelle Uhr verlassen? Ich meine, geht sie immer richtig?«

»Jo«, seggt de Äole, »dat geuht wal seo. Bleoß inner Schwetzkentuit geuht se jümmer'n halbe Stunne vör.«

*) irgendwo

»Ja, und nun sagen Sie mal, lieber Mann, sind hier in der Gegend auch schon mal große Männer zur Welt gekommen?«
»Nei«, seggt de Äole, »seo lange os eck denken kann, sind huier bleoß jümmer lüttge Kinner geborn.«

(1964)

Berlebeck

Der Wunderbrunnen von Blomberg

In einem andren Lippischen Städtchen, Blomberg, war früher ein berühmtes Kloster bei einem Wunderbrunnen, zu dem von Nah und Fern die Siechenden strömten, um Genesung und Heil aus ihm zu schöpfen; die wunderbare Kraft aber war also über den Brunnen gekommen: es lebte eine arme Frau in Blomberg, die trieb ein gleiches Gewerbe mit ihrer Nachbarin, und blieb arm, während jene täglich reicher wurde; da fragte sie: »Wie macht Ihr es, Nachbarin, daß Euch alles gelingt, was Ihr vornehmt, und mir nichts, obwohl auch ich nicht faul bin?« Die Nachbarin versetzte lächelnd: »Ihr müßt einen Gott im Kasten haben, wenn Euer Gut gedeihen soll; die Arbeit allein tut es nicht.« Das lag der armen Frau lange im Sinn; endlich entschloß sie sich, den Gott, der in der Kirche auf dem Altar stehe, zu nehmen und ihn in ihren Kasten zu legen; deshalb ließ sie sich in der Kirche nach dem Gottesdienste einschließen, nahm die Hostie aus der Monstranz und schlich zitternd, als die Kirche wieder geöffnet wurde, nach Hause. Bald darauf aber wurde der Kirchenraub entdeckt, und die Untersuchung sollte mit einer Haussuchung beginnen; deß erschrak die arme Frau sehr, nahm ihre Hostie und warf sie in den Brunnen; aber sie wollte natürlich nicht untersinken, und wie jene auch rühren mochte, die Hostie wurde von den suchenden Mönchen entdeckt, und die Frau gefoltert und verbrannt; der Brunnen jedoch empfing von ihrer Tat eine Wunderkraft, daß er die Segnung der Gegend wurde. Das ist eine Mähr aus alter Zeit, in der man einen tieferen Sinn suchen könnte, als die Mönche, welche sie aufbewahrt und benutzt haben, darin ahnten. Die Alte, die es wagte, den Gott von dem Altar zu nehmen, worauf man ihn nun einmal gestellt, die es wagte, mit der ganzen heiligen Kraft seines wunderbaren Wesens das Wasser ihres Brunnens zu weihen, daß Genesung und

Heil für alle Leidenden daraus entquoll – ward gefoltert und verbrannt. Ist nicht der Dichter so der Herr eines Wunderbrunnens, dessen Gewässer er durch einen Strahl der Göttlichkeit und mit der ganzen heiligen Kraft eines wunderbaren Wesens zu weihen die Kühnheit hat, daß nun Alle Heil daraus trinken oder magische Labung, während ihn selbst das Leben foltert, der Dichtung Flamme verzehrt? Laßt ihm dann mindestens die Weise, wie er seiner Qualen Herr zu werden, wie er sie zu übertäuben glaubt; laßt auch dem armen Grabbe, der euren Gott in den Brunnen warf, seine Weise, seine Rumflasche und sonstige Unanständigkeiten – er ist ja tot, das Leben hat über ihn gerichtet – er ist verbrannt! (...) *(1841)*

Peter Hille

Schwalenberg

Es hat so etwas Vertrauliches, sicher zu Füßen Liegendes, dies Schwalenberg mit seinen braven Fachwerkhäusern. Wie Untergebene, auf die man sich verlassen kann, die uns immer zur Verfügung stehen, so die Wälderrücken und die wellenden Ackergebreite wie die umfriedeten Wiesen.

Von einem steilen, roten Dache suchte blauer Rauch die Bläue des Himmels, wie ein Bach das Meer sucht.

Zu diesem Hause bergan floß der Stadtbach in seiner muntern tagesklaren Zeile. Ja, er floß wirklich etwas hinan: Es war nicht ganz Täuschung. Hatte er doch soviel Druck mitbekommen von seinem nahen Quell, daß für seine erst durch eine Mühle in die Arbeitswelt eingeführte Kraft es eine Kleinigkeit war, noch so nebenher das Naturgesetz zu überwinden und mal ein bißchen bergan zu fließen. Hatte es doch für ihn den Reiz der Neuheit, und machte den guten Schwalenbergern dieser kleine Scherz soviel Freude! Nicht wenig stolz waren sie auf diese Merkwürdigkeit und führten mit Beflissenheit jeden ihrer Besucher, der für Naturgenuß noch zu haben war, hinaus an diesen Wunderbach.

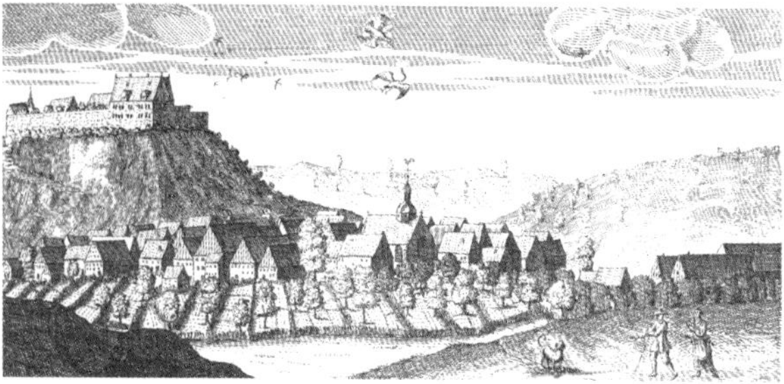

Flecken Schwalenberg

Und dann erst nahmen die mehr Gebildeten ihre Gäste mit vor das Rathaus mit seinem kraus und reichlich geschnitzten Säulengang und Giebel. Hier entzifferten sie ihnen eine Stelle aus der über den Fries sich hinziehenden plattdeutschen Inschrift: »Minsch, bedenke, wat de bedenkst!« Weiter war noch keiner gekommen.
Seit zehn Jahren, seit jenem denkwürdigen Tage, da man den Bürgermeister Heitemeier unter Glockengeläute und Böllerschüssen feierlich eingeholt hatte, sprach man davon, wie man nächstens die Inschrift anstreichen und so durch die Farbe den Inhalt mehr hervorheben wollte; – noch immer aber ließ der ersehnte Überschuß auf sich warten.
Indes man hatte Hoffnung auf die reiche Obsternte gesetzt, die doch jedenfalls einige zahlungsfähige Übertreter vor die Schranken des Gesetzes bringen würde.

Besonders ins Auge gefaßt hatte der Feldhüter den Rudolf Kleine, Sohn des Gendarmen, der mit elf Kameraden die Rektoratschule des Ortes besuchte.

Das war ein wilder Range, dem sogar der väterliche Rohrstock kein sittliches Verhalten beizubringen vermochte. Und mit der Standesehre eines Gendarmeriewachtmeisters vertrug es sich doch nicht, daß man seinen Sohn auf einen Tag in Haft spazieren ließ. Auch würde vermutlich dieser eine schlechte Apfel noch einige gute anstecken und zu einem Raubzug aufmuntern.

Dann hatte man die sechs oder neun Mark und damit den Anstrich.

(1905)

Wol tho sin egen Vordel raidt
In Has bi allen komt und treibt Verstoretheit
Wol gebruket bos Gewicht
Strafet Gott am jüngsten Gericht.
Minsche, gedenke, wat du betengest,
Denn Lieck und Recht waret längest;
Werst du as Schelm und Schenner unrecht handeln,
So most du tom lesten in de Helle wandern.

Inschrift Rathaus Schwalenberg, 1579

Der Brunnen zu Sternberg

Im lippischen Norden, am Rande des Begatales, ragt aus dem Grün des Bergwaldes die Burg Sternberg hervor. Sie war einst Sitz der Grafen von Sternberg. Im Innern der Burg befindet sich ein Brunnen, der über 50 Meter tief ist und dessen Wassereimer durch ein großes Tretrad aufgezogen und niedergelassen werden kann. Es war eine mühevolle Arbeit, den Brunnenschacht so tief durch das Felsgestein zu graben. Die Sage schreibt diese Arbeit zwei Rittern zu, die der Graf von Sternberg einst gefangengenommen hatte und in den Kerker sperren ließ.

Die beiden Ritter hatten schon alle Hoffnungen auf Rettung aufgegeben, als ihnen eines Tages der Kerkermeister auch noch eröffnete, daß er ihnen kein Wasser mehr geben könne. Alle Quellen seien in der Hitze des Sommers versiegt und die Brunnen in der Umgebung ausgetrocknet.

Da ließen die Gefangenen den Grafen wissen, daß sie bereit wären, einen Brunnen zu graben, so tief, daß es ihm niemals mehr an Wasser mangeln werde, wenn er ihnen dafür die Freiheit schenken würde.

Der Graf willigte ein, und die Gefangenen begannen ihr schweres Werk. Tag für Tag, Monat für Monat verging mit mühevoller Arbeit, aber von einem Felsquell zeigte sich keine Spur.

An einem Frühlingsmorgen wurden sie noch einmal in den dunklen, tiefen Schacht hinabgelassen. Gewaltige Hammerschläge dröhnten aus der Tiefe empor, und dann ein lautes Jubelgeschrei! Das klarste Wasser sprudelte aus den Felsen hervor und begann den Brunnen zu füllen.
Rasch wurden die beiden Ritter in die Höhe gezogen und von ihren Ketten befreit, die noch immer ihre Füße gefesselt hielten. Die Sonne lachte ihnen entgegen und im schönsten Frühlingsglanz lachte die Welt. »Freiheit, Freiheit!«, riefen sie. Mit diesen Worten fielen sie sich in die Arme und sanken – tot zu Boden. Ihre Herzen hatten dem Übermaß der Freude nicht mehr standgehalten.

Burg Sternberg

Peter Hille

Nach Willebasen auf den Pferdemarkt

Kaum hatte ich begonnen, mich in die Wünsche, Hoffnungen, Beschwerden der Lippischen Lande, die zusammen eigentlich nur ein großes gesundes Gut bilden mit apfelroten Wangen, etwas zu vertiefen, da unterbrach meine einsiedlerische Andacht schon wieder die Stimme des zuvorkommenden Herrn: »Sie sind Schriftsteller, so sagten Sie doch? Da müßten Sie eigentlich mit uns hinausfahren nach Willebasen auf den Pferdemarkt.«
»Willebasen?« staunte ich, »den Ort kenne ich ja gar nicht. Und doch stamme ich hier aus der Gegend.« (...)
Bald erreichten wir das Städtchen, in dessen Nähe die geisterhafte Ortschaft, der Name ohne Häuser lag. Hier im Gasthof stellten wir die Pferde ein, frühstückten und gingen dann hinaus gen Willebasen. Eine richtige Jahrmarktswiese. Wurstbuden, Bierzelte, Musikanten. Auch die Harfe fehlte nicht; eine ältere Frau, deren Zügen und Kleidung die gleiche Verschlissenheit zuteil geworden war wie den Saiten ihres Harfenungeheuers und ihrer Seele, spielte sie. (...) Pferde wurden vor Bauern und Händlern vorbeigezogen, die sachverständig auf die kurze Pfeife bissen und mächtig pafften. Einen Hals unterschied man

an ihnen kaum, da sie mit ländlicher Vorsicht dieses empfindliche Organ durch große, wollene, braune Schals schirmten. Bisweilen kam ein Kauf zustande. Das heißt, wenn nach langem Hin- und Herzerren des Preises dieser endlich stehen blieb wie der lange schwankende Zeiger eines Gewichtsautomaten. Dann spuckten beide Parteien in die Hände, und der Käufer schlug mit kraftfreudiger Wucht mit seiner Rechten in die des Kaufgenossen. Nun gingen beide ins Bierzelt, um nach Gebühr den Kauf zu begießen.

Auch Zigeuner waren da. Der eine, ein recht zornwütiger Geselle, bedrohte seine zerzauste Gesponsin mit einem mächtigen Scheit: er wolle sie »bimsen«, daß ihr Hören und Sehen verginge.

Eifersucht schien dabei im Spiele zu sein, denn kurz darauf griff er mit demselben Scheit einen jungen Burschen an, während das Weib mit kräftigen Gebärden und lauten Worten die beiden auseinanderzubringen suchte. Dieser Vermittlungsversuch aber brachte den Herrn Gemahl nur um so mehr auf, und er schlug dem andern mit dem Scheit über den schwarzen Kopf, daß das Blut einen sprühenden Streifen zog und dann die Wange entlang niederfloß.

Hiermit war der Streit zu Ende. Die Aufregung des Angreifers hatte sich gelegt, die Frau durfte unangefochten die Wunde mit Wasser kühlen. Dann begaben sich beide ebenfalls ins Bierzelt, um hier ihren Frieden zu begießen. Das Weib, der Zankapfel, folgte.

Die Kinder allein blieben am Feuer zurück, das von wenigen dürftigen Knobben genährt wurde. Darüber stand auf einem Dreifuß ein sehr rußiger Kessel, worin etwas brodelte. Die Kinder bliesen mit aller Macht in das Feuer hinein, das dem halbfaulen Holze recht wenig Geschmack abzugewinnen schien. Ungeheuer wichtig sah sich diese nichtige Angelegenheit an: so ruchlos lohten die pechschwarzen Augen, so laut und heftig waren Wort und Gebärde.

Weder die Leute noch die Polizei, die in Gestalt eines grünrockigen Gendarmen die grüne Wiese zierte, hatten sich um den Streit der Zigeuner bekümmert. Die mochten sich totschlagen, wenn sie anders Lust dazu hatten. Das waren ja keine Menschen, das waren Tatern. *(1905)*

Lippische Kollekte

Am Schluß eines sonntäglichen Gottesdienstes in Oerlinghausen sagt der Pfarrer:
»Die Kollekte ist für den Bau eines Waisenhauses bestimmt. Ich lasse jetzt meinen Hut herumgehen und bitte, daß ein jeder seine Gabe für das gute Werk hineintut.«
Der Hut geht von Hand zu Hand. Als er wieder zum Pfarrer zurückkommt, ist er leer wie zuvor.
Da faltet der Pfarrer traurig die Hände und sagt:
»Ich danke Gott, daß ich wenigstens meinen Hut zurückerhalten habe.«

Kirche in Oerlinghausen

Friedrich Wienke

Die ersten Fremdengänger

Einst waren viel Weber im lippischen Land –
So hat meine Mutter gesagt.
Doch als man die Webemaschinen erfand,
Da haben die Weber geklagt:

»Das Weben, es bringt uns nichts mehr ein,
Wir weben zu langsam und grob,
Die Maschinen weben so schnell und so fein,
Und wir verhungern darob.«

Drum wollen wir ferner nicht Flachs mehr sä'n,
Beim Weben leiden wir Not,
Wir gehn nach Holland, nach Friesland und mäh'n
Und suchen uns dort unser Brot.

Sie gingen nach Holland und Friesland hinaus
Alle Jahr um die Wiesenmähzeit
Und kehrten im Herbst zufrieden nach Haus
Und waren recht fröhliche Leut.

Und als man die Mähemaschinen erfand,
Da wars mit dem Mähen vorbei. –
Was taten die Männer im lippischen Land?
Sie gingen auf Ziegelei.

Sie zogen als Ziegler hinaus in die Welt
Und scheuten nicht Mühe und Plag,
Erwarben sich Gunst, verdienten schön Geld.
So geht's bis zum heutigen Tag.

(1899)

Karl Werhan

Leiden und Freuden des Zieglerlebens

Um die Zeit des Frühlingseinzugs zeigt sich in den lippischen Dörfern ein frisch pulsierendes Leben voll froher Lust. Wie der warme Hauch des hereinbrechenden Lenzes alle Wesen der Natur mit frischem Mute, neuer Tatkraft und wiedererwachender Lebensfreude erfüllt, so wirkt er auch anreizend auf die 15000 bis 16000 lippischen Ziegler, ob alt oder jung, ob erfahren oder noch Neuling, ob Meister oder Geselle, alle rüsten in hoffnungsvoller Schaffenslust für den bevorstehenden Fortzug in die Fremde, die ihnen wohl harte Arbeit, aber auch den klingenden Lohn dafür bringen soll. (...)
Kisten und Kasten, Koffer und Reisetaschen, Sack und Pack werden bei der Abreise der Ziegler mit Wagen oder Karre zum nächsten Bahnhof gefahren. Wer es sich eben leisten kann, nimmt Wurst, Speck und Schinken von dem im Winter geschlachteten, im vorhergehenden Sommer im eigenen Stalle fett gemachten Schweine in reichlichem Maße mit. Der Anblick des durch solche Eßwaren recht prall gefüllten Sackes erheitert das Gesicht des Besitzers und läßt ihn die schweren Arbeitstage der heißen Sommerwochen weniger bürdevoll erscheinen.

Die Vorräte, die der Ziegler heute mit in die Fremde nimmt, sind infolge der günstigen Verkehrsverhältnisse und des zunehmenden Wohlstandes bedeutend gewichtiger gegen früher geworden, als die ganze Reise oder doch ein gut Teil noch auf Schusters Rappen gemacht und die Last in einem Beutel von der Kraft der eigenen Schultern getragen werden mußte. Das war während der oft mehr als 8tägigen Wanderung gewiß keine Kleinigkeit für die Ziegler, besonders für die angehenden, die, eben der Schule entwachsen, mit wenig gestählten Muskeln es den Alten schon gleichtun sollten. (...)

Zieglermarkt in Lage

Wenn ich an die Reisebeschwernisse denke, dann fällt mir immer wieder die Geschichte ein, die meine Eltern aus ihrer Erfahrung erzählten, die Geschichte von jenem, – nun, nennen wir ihn Frodermanns Früiderken aus Heidenoldendorf, und der eine wahre Begebenheit zugrunde liegt. Früiderken war einziger Sohn seiner gerade nicht ärmlichen, aber doch in bescheidenen Verhältnissen lebenden Eltern, die sich mit Spinnen und Weben recht und schlecht als ehrliche Leute durchs Leben geschlagen hatten. Es kam hier wie in tausenden gleichen Fällen: Da die Eltern einsahen, daß die Leinenweberei immer mehr zurückging und sie nun vor der Berufswahl für ihren Sohn standen, entschlossen sie sich schließlich schweren Herzens dazu, ihn mit den vielen anderen in die »Frömde« ziehen zu lassen, allerdings nicht ohne den unausgesprochenen Vorsatz, ihren einzigen Sohn mit allen nur möglichen Vorräten für die lange Trennungszeit zu versehen, damit er die Bitterkeit des Lebens in der Ferne nicht allzu hart empfinden möge. Die Mutter sorgte für einen stattlichen Sack aus guter grauer Leinewand und nähte mit eigener Hand die Bügel, an denen er auf der Schulter getragen werden sollte. Manche heimliche Träne stahl sich bei dieser Arbeit aus ihrem Auge und lief heiß die gefurchte Wange hinab. Dann ging es ans Packen: einige Hemden, Strümpfe, die Arbeitskleider, Unterzeuge u. a. wurden verstaut, doch legte man mindestens ebensoviel Gewicht auf die Behandlung der Magenfrage; denn außer einigen Leber-, Blut-, Kohl-, Brejen- und Mettwürsten holte die Mutter einen prächtigen Schinken herbei. Da das einzige von ihnen geschlachtete stattliche Schwein natürlich nur zwei Schinken geliefert hatte, so bedeutete die Hergabe jenes Prachtstückes nicht mehr und nicht weniger als eine regelrechte Teilung zwischen dem frischgebackenen Zieglerjungen einer-, und den beiden Eltern und zwei Töchtern andererseits, so groß war die fürsorgende Liebe.

Als endlich der Tag der Abreise gekommen und der herbe Schmerz des Abschieds zwischen Eltern und Muttersöhnchen vorüber war, dessen einzelne Szenen sich der geneigte Leser selbst ausmalen möge, ging es auf den sandigen Wegen der Waldheide über Kohlpott und Junghärichen nach Lage, allwo man die große Landstraße er-

Flecken Lage

reichte, die über Schötmar und Salzuflen nach Herford führte. Verschiedentlich schon hatte man Rast gemacht, einen »Lüttchen« gekippt, von dem Mundvorrat gezehrt, und hierdurch wie durch Ablage des gerade nicht bequemen Bündels neue Kraft zum Weiterwandern gesammelt. Unserm lieben Früiderken, der anfangs tapfer mitgetrabt war, liefen die dicken Schweißtropfen von Stirn und Schläfe. Der Weg wurde ihm entsetzlich lang; schon öfter hatte der eine oder andere Begleiter mit einem bedeutungsvollen Seitenblick auf den Kleinen und seinen Beutel gesagt: »Wenn dat man geut göit!« Welch eine Freude für Früiderken, wenn er seine Last ein wenig ablegen durfte; aber lautes Klagen wollte er auch nicht hören lassen, das litt sein Selbstgefühl nicht. Gern hätte ihm dieser oder jener Kamerad den Beutel abgenommen oder wenigstens eine kurze Strecke tragen helfen, hätte er mit seiner eigenen Last nicht selber genug zu schleppen gehabt. Als ihn nun noch der alte Beckerdolf mit gutgemeintem Scherz aufheitern und zu frischem Vorwärtsgehen anspornen wollte, brach das schon lang Verhaltene bei unserm Früiderken mit Gewalt durch: ein dicker heißer Tränenstrom entquoll seinen Augen, und mit schluchzender Stimme erklärte er, nicht mehr zu können.

Man war auf einer Anhöhe angekommen, von der man einen weiten und prächtigen Rundblick genießen konnte. Rückwärts grüßten zum letztenmal die wohlbekannten Umrisse der lippischen Berge, nach vorn lagerten sich jenseits eines bevölkerten Tales neue Anhöhen. Früiderken hatte aber für die wundervollen Schönheiten der Frühlingswelt kein Gefühl. Unwillig hatte er seine Last abgeworfen und war unwillkürlich daneben gesunken, sein Gesicht in den Händen verbergend. Aus Mitleid mit ihm beschloß man, auf ungewohnter Stelle eine längere Rast zu machen. Doch was begann Früiderken? Er machte sich an seinen Vorratsbeutel, und mit erstaunten Blikken sahen die Begleiter, wie er den saftigen, in Rauch nußfarbig gebräunten Schinken hervorzog, mit energischem Schwung auf den Boden warf und dann seinen Beutel wieder verschloß. Wie gern aß Früiderken Schinken! Aber jetzt? Nur die Last nicht haben! Alle Überredungskünste der Begleiter nützten nicht, Früiderken blieb entschlossen, sich endgültig von dem Schinken zu trennen; wer ihn haben wolle, möge ihn nur nehmen, sagte er. Man wird geneigt sein, zu glauben, es sei nun ein wahrer Kampf um das gewiß doch beneidenswerte Besitzstück entstanden; aber nein, jeder war froh, die aufs äußerste berechnete eigene Last an den Bestimmungsort bringen zu können. Schließlich erbarmte sich der stramme Merten, der auf dem Werke das Amt des Steinemachers übernommen hatte, des Schinkens, und nahm ihn an sich.

Unter Mühen und Beschwerden aller Art kam man endlich nach Friesland. Früiderken war wie gebrochen, einmal von dem anstrengenden Wege, zum anderen von einem packenden Heimweh, zum dritten aber auch, weil das Prachtstück des ihm von den Eltern bestimmten Magenvorrats für die langen Sommermonate fehlte. Da drüben am Brette des Steinemachers hing der Schinken recht verführerisch, und Früiderkens Augen blieben oft ungewollt daran hängen.

Am ersten Sonntag in der Fremde, als alle Lipper in der »Bude« gemeinsam um den langen Tisch herumsaßen und sich von der Heimat erzählten, packte auch unsern Früiderken wieder mit aller Macht die Sehnsucht nach »iusen Dörpe« und nicht weniger nach seinem Schinken. Das erstere verriet sein gedrücktes Wesen, das andere sein häufiger Blick nach dem Brette des Steinemachers. Da stand Mertens kurzentschlossen auf, nahm ein Messer und – dem Früiderken schoß es heiß in den Kopf – wollte scheinbar den Schinken anschneiden. Er langte ihn herunter, ging damit auf Früiderken zu und sagte: »Hüer, Früiderken, häste düinen Schinken wier! Niu den Kopp häouch! Diu siust, diu bis hüer nich alleine! De Tüit sall er wall hergohn!« Wer kann die herzhafte Freude Früiderkens beschreiben, und wer seinen dankbaren Blick! Und jetzt, wo er weiß, daß er mitfühlende Menschen um sich hat, stählt sich sein Wille, und gewissenhaft steht er den langen Sommer hindurch an seinem Platze.

(1913)

Die Lipper kommen nach Glindow

Was Werder für den Obst-Konsum der Hauptstadt ist, das ist Glindow für den Ziegel-Konsum. (...)
Fremde Ziegelstreicher werden hier seit langem verwandt. Die einheimischen Kräfte reichten eben nicht aus. Früher waren es »Eichsfelder«, die kamen, und hier ähnlich wie die Warthebruch-Schnitter oder Linumer Torfgräber eine Sommer-Kampagne durchmachten. Aber die »Eichsfelder« blieben schließlich aus oder wurden abgeschafft und an ihre Stelle traten die »Lipper«. Diese behaupten noch jetzt das Feld.
Die Lipper (nur Männer!) kommen im April und bleiben bis Mitte Oktober. Sie ziehen in ein massives Haus, das unten Küche, im 1. Stock Eßsaal, im 2. Stock Schlafraum hat. Sie erheben gewisse Ansprüche. So muß Jedem ein Handtuch geliefert werden. An ihrer Spitze steht ein Meister, der nur Direktion und Verwaltung hat. Er schließt die Kontrakte, empfängt die Gelder und verteilt sie. Die Arbeit ist Akkord-Arbeit, das Brennmaterial und die Gerätschaften werden sämtlich geliefert; der Lehm wird ihnen bis an die »Sümpfe« gefahren; der Ofen ist zu ihrer Disposition. Alles andere ist ihre Sache. Am Schlus-

se der Kampagne erhalten sie für je 1000 fertig-gebrannte Steine 1½ bis 2 Taler. Die Gesamtsumme bei 8 bis 10 Millionen Steine pflegt bis 15,000 Taler zu betragen. Diese Summe wird aber schwer verdient. Die Leute sind von einem besonderen Fleiß. Sie arbeiten von 3 Uhr früh bis 8 oder selbst 9 Uhr abends, also nach Abzug einer Eßstunde immer noch nah an 17 Stunden. Sie verpflegen sich nach Lipper Landessitte, d. h. im Wesentlichen westfälisch. Man darf sagen, sie leben von Erbsen und Speck, die beide durch den »Meister« aus der lippischen Heimat bezogen werden, wo sie diese Artikel besser und billiger erhalten. Mitte Oktober treten sie, jeder mit einer Überschußsumme von nahezu 100 Talern, den Rückweg an und überlassen nun das Feld den einheimischen Ziegelstreichern. *(1871)*

Die Entstehung der Dörenschlucht

Bei Pivitsheide ist die Dörenschlucht so tief in den Teutoburger Wald geschnitten, daß sie schon früher als Paß durch das sonst unwegsame Gebirge benutzt wurde. Entgegen der Behauptung nicht-lippischer Geologen, die Dörenschlucht sei in der Eiszeit entstanden, wissen es die Einheimischen besser: die Dörenschlucht entstand, weil hier einmal einer ihrer Vorfahren eine Münze verloren hat.

Keun Sunndag eohne Pickert

Wat'n aulen Lipper es, de kann sick keunen Sunndag eohne Pickert denken. Pickert hoiert teo'n Sunndage os de Kuckuck teon Freohjohrswaule un os de Brui'm teo 'er Briut. Bui us in Hörste word et Sunnobends männichmol düget late. Wui hadden 'en grauten Hiusholt un vell Minsken an'n Diske. Wui hadden Gor'n un Lännerui'e vör'n Dörpe, hadden Schwuine un Siegens in'n Stalle un et drofte nich Foierobend wer'n bet olles blitzeblank was. Öbber wenn et nau seo late word, de Pickert moßte auk nau anmenget, backen un probeuert wer'n, euher kreig us keuner int Bedde.

In'er Obendtuit gaf et daumols oll mol dat öberbliebene Middageten, öbber dat rechte Nachtmohl kam doch eurst noher, seo ümme Klocke elwe eoder twölwe, wenn de Modder ühr'n Berg Pikkert fer'g hadde. Jo, et was jümmer 'n richtigen Berg van 'n Stücker twölwe upeunanner, graute iutwossene Pickerts, jeuder'n Ver'l Disk graut. Doteo gaf et teo'n Upschmer'n soiten Roiwensapp iut'er Loge, eoder Schwetskensapp iut eugenen Kettel, eoder witte Bottern iut eugener Kernen, eoder Leberwost van eugener Ooßen. Un wat wui dann up den Mohltuit geot schleupen, glöwt keun Minske.

Den ganzen Sunndag word auk keun Stücke Braut anpackt. Dat schmecke dann eunfach nich un passe nich in de Welt. Un wat de Mondagmor'n was, doför hadde de Modder auk nau'n Stücke Pickert för jeuden upheget. Dann word eunen de Anfang van'er Olldagswieken nich seo siuer.

Seo ging dat johrin un johriut. Auk an den haugen Festdagen, an Wuihnachten, Austern und Pingsten, wenn't hiusbacken Stiuten teon Satteten gaf, word de Pickert nich vergetten un veracht't. Suine Kalör (Farbe) was an den Festdagen ollerdings geller os süß, heu hadde auk mahr Luftlocker un männichmol schwarte Korinthen os Augen.

Eck mot söggcn, de Pickert es us jümmer geot bekumen, wenn heu af un dann auk mol wirke os Rizinusölge un Rharbarberpillen. Seowat holt frisk un risk un euner kann'er ault bui wer'n. Jo, eck lote nicks up geo'en lippsken Pickert kumen; wer den nich mag, de kennt'n nich, eoder heu weut nich, wat geot schmeckt.

Dat Rezept es nich van'n Doktor schrieben, öbber van echten lippsken Friuens, de Diusende van Pickerts back't hä't. Un geot sind seu jümmer wesen, da kann eck betuigen, eck meune de Friuens un de Pickerts.

(1980)

Der Köterberg

Der Köterberg (an der Grenze des Paderbornschen, Lippeschen und Korveischen) war sonst der Götzenberg genannt, weil die Götter der Heiden da angebetet wurden. Er ist innen voll Gold und Schätze, die einen armen Mann wohl reich machen könnten, wenn er dazu gelangte. Auf der nördlichen Seite sind Höhlen, da fand einmal ein Schäfer den Eingang und die Türe zu den Schätzen, aber wie er eingehen wollte, in demselben Augenblick kam ein ganz blutiger, entsetzlicher Mann übers Feld da hergelaufen und erschreckte und verscheuchte ihn. Südlich auf einem waldbewachsenen Hügel am Fuße des Berges stand die Harzburg, wovon die Mauern noch zu sehen und noch vor kurzem Schlüssel gefunden sind. Darin wohnten Hünen, und gegenüber, auf dem zwei Stunden fernen Zierenberg, stand eine andere Hünenburg! Da warfen die Riesen sich oft Hämmer herüber und hinüber.

(1816–1818)

Aus dem Polizeibericht

In Barntrup fuhr gestern ein Viersitzer gegen einen Baum. Alle 16 Insassen mußten mit Verletzungen in das Detmolder Krankenhaus eingeliefert werden.

Barntrup

Quellen und Autoren

Gottfried August Bürger, geb. am 31.12.1747 in Molmerswende, gest. am 8.6.1794 in Göttingen. Bürger wurde 1772 Justizamtmann in Altengleichen bei Göttingen. Von 1778 bis 1788 war er Herausgeber des »Göttinger Musenalmanachs«. Bürger ist bekannt vor allem durch seine Balladendichtung, z.B. »Leonore« (1774) und durch seine erweiterte Nachdichtung der »Wunderbaren Reisen des Freiherrn von Münchhausen«. Er beförderte die Shakespeare-Rezeption (Prosaübersetzung des »Macbeth«, 1782) in Deutschland.
Bürger war im Sommer 1785 zur Kur in Bad Meinberg.
Das hier abgedruckte Gedicht stammt aus dem Jahre 1789.

Georg Konrad von Cölln, geb. am 14.11.1715 in Obernkirchen, gest. am 5.2.1789 in Oerlinghausen. Von Cölln studierte nach seinem Schulbesuch in Rinteln und Bremen Theologie in Marburg. Von 1741 bis 1749 war er Pastor in Alverdissen bei Lemgo, danach bis 1765 Prediger in Heiden. Ab 1765 bekleidete er die Predigerstelle in Oerlinghausen. Er machte sich in dieser Zeit vor allem um die Verbesserung der Oerlinghauser Schulen verdient. Der Auszug aus seiner erstmals im »Westphälischen Magazin« erschienenen »Charakteristik der Lippeschen Bauren« ist der 1790 erschienenen 2. Auflage von von Donops »Historisch-geographischer Beschreibung der Fürstlichen Lippeschen Lande« entnommen.

Wilhelm Gottlieb Levin von Donop, geb. am 19.7.1741, gest. am 5.5.1819 auf Gut Altendonop. Von Donop war Hofmarschall und Droste am Detmolder Hof. Er wurde später zum Obermarschall befördert und war als kämpferischer Ständevertreter einer der Hauptwidersacher Fürstin Paulines.

Neben der 1790 veröffentlichten »Historisch-geographischen Beschreibung der Lippeschen Lande« trat er als Verfasser einer Vielzahl von Aufsätzen (u.a. zu den Externsteinen und der Genealogie der Familie von Donop) hervor.

Johann Wilhelm Ebert, geb. am 27.8.1800 in Oker am Harz, gest. am 20.1.1874 in Detmold. Ebert machte als Kaufmann in Mexiko ein Vermögen. 1842 ließ er sich mit seiner Familie in Detmold nieder. Vor dem Hornschen Tore ließ er sich ein repräsentatives Wohnhaus bauen, das er später an den Prinzen Woldemar verkaufte und in dem seit 1886 die Lippische Landesbibliothek untergebracht ist.
Der Text stammt aus einem Brief Eberts an seine Frau Mathilde vom 2. Mai 1842. Der Brief wird zitiert nach einem unveröffentlichten Manuskript seines Enkels Bernhard Ebert.

Theodor Fontane, geb. am 30.12.1819 in Neuruppin, gest. am 20.9.1898 in Berlin. Fontane war zunächst Apotheker, dann Publizist, Theaterkritiker und Schriftsteller. Seine ab 1860 entstandenen Feuilletons »Wanderungen durch die Mark Brandenburg« (1862–82), in die auch der hier abgedruckte kurze Bericht über die Lipper in Glindow Aufnahme fand, gehören zu den bedeutendsten des 19. Jahrhunderts in deutscher Sprache. Fontanes Einfluß auf die Entwicklung des deutschen Romans kann kaum überschätzt werden, z.B. »Effie Briest« (1895) oder »Der Stechlin« (hg. 1899).
Der Artikel über Glindow erschien zuerst in der »Königlich-priveligierten Berlinischen Zeitung« vom 16. Juli 1871.

Ferdinand Freiligrath, geb. am 17.6.1810 in Detmold, gest. am. 18.3.1876 in Bad Canstatt. Freiligrath lebte bis 1825 in Detmold. Er ist bekannt durch seine politischen und sozialen Gedichte, z.B. »Ca ira!« (1846). Auf einer Westfalenreise lernte

er im Jahre 1839 Levin Schücking kennen, mit dem er 1841 dann das Buch »Das malerische und romantische Westphalen« herausgab. Der hier abgedruckte Text »Der Wunderbrunnen von Blomberg« wurde der im Jahre 1841 erschienenen ersten, die Texte »Horn und die Externsteine« sowie »Lemgo und Detmold« wurden der stark überarbeiteten zweiten Auflage von 1872 entnommen.
Wegen seiner politischen Gesinnung verfolgt, ging Freiligrath 1845 nach Belgien und in die Schweiz, 1846 nach Großbritannien. 1848 nach Deutschland zurückgekehrt, wurde er wegen des Gedichts »Die Todten an die Lebenden« verhaftet, jedoch freigesprochen. Mit Karl Marx übernahm er bis 1849 die Redaktion der »Neuen Rheinischen Zeitung« in Köln. Von 1851 bis 1868 war Freiligrath erneut im Exil in Großbritannien 1868 kehrte er nach Deutschland zurück, 1869 besuchte er Detmold.
Die hier wiedergegebenen gekürzten Gedichte Freiligraths stammen aus den Jahren 1869 und 1875.

Emanuel Geibel, geb. am 17.10.1815 in Lübeck, gest. am 6.4.1884 in Lübeck. Geibel studierte Theologie und Philologie in Bonn. Von 1838 bis 1840 war er Hofmeister beim russischen Gesandten in Athen. 1843 machte er die Bekanntschaft von Ferdinand Freiligrath. Nach einem Zwischenspiel als Lehrer an einem Lübecker Gymnasium 1848/49 war er ab 1852 Mittelpunkt des Münchener Dichterkreises »Krokodil« und der »Königlichen Tafelrunde«. Im Jahre 1868 kehrte er nach Lübeck zurück. Geibels Lyrik ist zum Teil zum Volksgut geworden, z.B. »Der Mai ist gekommen«.
Sein Bericht über Detmold entstammt der 1909 erschienenen Sammlung seiner Jugendbriefe.

Johann Wolfgang von Goethe, geb. am 28.8.1749 in Frankfurt/M., gest. am 22.3.1832 in Weimar. Goethe war Geheimrat

und »Klassischer Dichter«, z.B. »Faust« (posthum 1832), »Die Leiden des jungen Werther« (1774/1787), »Wilhelm Meisters Lehrjahre« (1795/96). Goethe war auch wissenschaftlich tätig, z.B. »Die Metamorphose der Pflanzen« (1799) und »Zur Farbenlehre« (1808/10). Von seinen Reisen sind vor allem seine Italienreisen bekannt geworden.
Seine kurze Beschreibung der Externsteine erschien 1824 im 5.Band »Kunst und Altertum«.

Christian Dietrich Grabbe, geb. am 11.12.1801 in Detmold, gest. am 12.9.1836 in Detmold. Seit 1827 Militärauditeur, verfiel Grabbe zunehmend dem Alkohol und schied 1834 aus dem Dienst aus. Aufenthalte in Leipzig, Berlin und Düsseldorf. Grabbe konnte sich zu Lebzeiten nicht als Schriftsteller durchsetzen. Er gilt heute neben Büchner als wichtiger Vorbereiter des modernen Dramas. Zu seinen bekanntesten Werken gehören »Don Juan und Faust« (1829), »Scherz, Satire, Ironie und tiefere Bedeutung« (1827) und die »Hermannsschlacht« (gedruckt 1838), aus der hier unter dem Titel »Römischer Prozeß« ein kurzer Auszug wiedergegeben wird.
Grabbes Beschreibung Detmolds erschien zuerst im »Rheinisch-Westphälischen Korrespondenzblatt« vom 11. Oktober 1828.

Jacob Grimm, geb. am 4.1.1785 in Hanau, gest. am 20.9. 1863 in Berlin. *Wilhelm Grimm,* geb. am 24.2.1786 in Hanau, gest. am 16.12.1859 in Berlin. Die Gebrüder Grimm gelten als Begründer der deutschen Philologie und Altertumswissenschaften. Als Professoren in Göttingen gehörten sie 1837 zu den »Göttinger Sieben«, Gemeinsam schufen sie ab 1854 das »Deutsche Wörterbuch«. Ihre bekanntesten Werke sind daneben die »Kinder- und Hausmärchen« (1812–1815) und die »Deutschen Sagen (1816–18), denen die Sage vom Köterberg entnommen ist.

Heinrich Heine, geb. am 13.12.1797 in Düsseldorf, gest. am 17.2.1856 in Paris. Heine studierte Jura in Bonn, Göttingen und Berlin. 1831 ging er als Korrespondent der Augsburger »Allgemeinen Zeitung« nach Paris. Dort arbeitete er zusammen mit Karl Marx an den »Deutsch-Französischen Jahrbüchern« (ab 1844). Heine erwarb sich schon früh Ruhm als Lyriker, z.B. »Gedichte« (1822) und »Harzreise« (1824).
Das hier unter dem Titel »Das ist der Teutoburger Wald« abgedruckte Gedicht ist das Caput XI aus »Deutschland. Ein Wintermärchen« aus dem Jahre 1844.

Peter Hille, geb. am 11.9.1854 in Erwitzen (Kreis Höxter), gest. am 7.5.1904 in Berlin. Hille besuchte Gymnasien in Warburg und Münster. Von 1878 bis 1879 war er Journalist beim »Bremer Tageblatt«. Nach dem Scheitern des Blattes Auslandsaufenthalte in Großbritannien und Holland, unstetes Wanderleben, schließlich Schriftsteller in Berlin. Hille ist bekannt durch Lyrik, Aphorismen und Romane, z.B. »Die Sozialisten« (1866). Im Winter 1902/03 gründete Hille, der bald eine Kultfigur der Berliner Boheme wurde, mit Hilfe einiger Freunde (u.a. Erich Mühsam, Else Lasker-Schüler, Otto Julius Bierbaum und Richard Dehmel) das »Cabaret zum Peter Hille«, in dem er literarisch-musikalische Abende veranstaltete.
Sein Roman »Die Hassenburg – Roman aus dem Teutoburger Wald«, aus dem die abgedruckten Auszüge entnommen sind, erschien posthum im Jahre 1905.

Ricarda Huch, geb. am 18.7.1864 in Braunschweig, gest. am 17.11.1947 in Schönberg. Huch studierte Geschichte und Philosophie in Zürich und promovierte als eine der ersten deutschen Frauen. Sie arbeitete u.a. als Lehrerin. 1933 trat sie aus Protest gegen den Nationalsozialismus aus der Preußischen Akademie der Künste aus. Huch schrieb Lyrik, Dramen, Erzäh-

lungen und Romane. Besondere Beachtung verdient ihr kulturgeschichtliches Werk »Die Romantik« (1908) und ihr dreibändiges Opus »Der große Krieg in Deutschland« (1912–14).
Der Text »Lemgo« ist ein Auszug aus dem Werk »Im alten Reich. Lebensbilder deutscher Städte«, erschienen 1929. Er wird hier gekürzt mit freundlicher Genehmigung des Verlages Kiepenheuer und Witsch abgedruckt nach Band 8 der Gesammelten Werke, hrsg. von Wilhelm Emrich, Köln 1967.

Karl Leberecht Immermann, geb. am 24.4.1796 in Magdeburg, gest. am 25.8.1840 in Düsseldorf. Immermann absolvierte von 1813 bis 1817 ein Jurastudium in Halle, ab 1827 war er Landgerichtsrat in Düsseldorf. Von 1834 bis 1838 leitete er das Düsseldorfer Stadttheater. Immermann verfaßte Dramen und Romane. In Erinnerung geblieben sind vor allem seine Romane »Die Epigonen« (1836) und »Münchhausen« (1838/39). Immermann war für einige Jahre der wichtigste Förderer Grabbes. Er besuchte ihn 1831 in Detmold und holte ihn 1834 nach Düsseldorf. 1836 kam es zum Bruch zwischen den beiden Schriftstellern.
Der Bericht über seinen Besuch in Detmold stammt aus Immermanns »Reisejournal« (1833).

Hermann Löns, geb. am 29.8.1866 in Culm, gest. am 26.9.1914 bei Reims. Löns studierte nach dem Schulbesuch in Münster zunächst dort, später in Greifswald und Göttingen, Medizin und Naturwissenschaften. Von 1893 bis 1909 war er als Journalist in Hannover tätig, ab 1912 lebte er als freier Schriftsteller in Hannover. Löns ist berühmt für seine Heide- und Liebeslyrik, z.B. »Der kleine Rosengarten« (1911) und seine Tiergeschichten, z.B. »Mümmelmann« (1909), und meisterhaften Naturschilderungen.
Der Text »Frau Einsamkeit« ist der ersten Gesamtausgabe der Werke von Löns aus dem Jahre 1928 entnommen.

Malvida von Meysenbug, geb. am 28.10.1816 in Kassel, gest. am 26.4.1903 in Rom. Von Meysenbug lebte von 1832 bis 1850 in Detmold. 1850 ging sie an die Hamburger Frauenhochschule, danach nach Berlin. 1852 wurde sie wegen ihrer demokratischen Gesinnung ausgewiesen. Von 1852 bis 1859 war sie als Erzieherin und Hauslehrerin in London tätig, danach wechselnde Aufenthalte in England, Frankreich und Italien. Von Meysenbug veröffentlichte zahlreiche Bücher. Am bekanntesten sind »Der Lebensabend einer Idealistin« (1898) und vor allem ihre »Memoiren einer Idealistin« (1876), aus dem der hier abgedruckte Abschnitt über ihre Jugend in Detmold entnommen ist.

Joseph Plaut, geb. am 5.6.1879 in Detmold, gest. am 25.11.1966 in Detmold. Plaut besuchte von 1901 bis 1903 das Sternsche Konservatorium in Berlin. Seine anschließende Karriere als Opernsänger führte ihn zunächst in kleine Städte, dann aber von 1904 bis 1914 an das Deutsche Opernhaus Berlin. Seit 1918 trat Plaut vor allem als Schauspieler und Vortragskünstler mit eigenen Kabarettprogrammen auf. 1936 emigrierte er über die Schweiz und Südafrika nach Großbritannien. Erst 1951 kehrte er nach Deutschland zurück. Bis ins hohe Alter arbeitete er weiter als Rezitator. Bekannt sind seine Platteneinspielungen lippischer Lieder, z.B. »Lippe-Detmold, eine wunderschöne Stadt«.
Die von Plaut vorgetragenen Texte sind in mehreren – leider allesamt vergriffenen – Bänden gesammelt. Die hier abgedruckten Texte sind dem 1960 erschienenen Band »Humor des Herzens« entnommen.

Wilhelm Raabe, geb. am 8.9.1831 in Eschershausen (Kreis Holzminden), gest. am 15.11.1910 in Braunschweig. Raabe absolvierte zunächst eine Buchhandelslehre. Nach einem Philosophiestudium in Berlin lebte er als freier Schriftsteller in

Braunschweig. Er gilt als Hauptvertreter des poetischen Realismus. Bekannt sind vor allem seine Romane und Novellen, wie z.B. »Die Akten des Vogelsangs« (1896), »Stopfkuchen« (1891) und »Die Chronik der Sperlingsgasse« (1857).
Der hier abgedruckte Text stammt aus der Erzählung »Aus dem Leben des Schulmeisterleins Michel Haas« (1859).

Joseph Victor von Scheffel, geb. am 16.2.1826 in Karlsruhe, gest. am 9.4.1886 in Karlsruhe. Von Scheffel war zunächst Gerichtsbeamter, später Archivar und Bibliothekar im Schloß zu Donaueschingen. Bekannt wurde sein Versepos »Der Trompeter von Säckingen« (1854) und sein historischer Roman »Eckehard« (1855). Von Scheffel verfaßte zahlreiche Studentenlieder, z.B. »Gaudeamus« (1868).
Das parodistische Lied »Als die Römer frech geworden« entstand 1847/48.

Fritz Schemmel (»Schemmels Fritken«), geb. am 27.7.1889 in Valdorf, gest. am 17.11.1967 in Schötmar. Schemmel war zunächst Handwerker, später Berufssoldat und dann Verwaltungsangestellter.
Neben dem Band »De vamuckten Fleugen« (1964), dem der hier abgedruckte Text mit freundlicher Genehmigung der Druckerei und Verlag Dröge, Schötmar, GmbH, entnommen ist, veröffentlichte Schemmel mehrere andere Sammelbände mit plattdeutschen Gedichten und Anekdoten, z. B. »Pickers Kotten« (1963).

Levin Schücking, geb. am 6.9.1814 in Meppen, gest. am 31.8.1883 in Bad Pyrmont. Schücking war 1841 Bibliothekar auf Schloß Meersburg und von 1843 bis 1845 Redakteur an Zeitungen in Augsburg und Köln. Schücking schrieb etwa 200 Romane und Novellen, meist über Adel und Bauern seiner westfälischen Heimat. Bekannt geworden ist er auch durch seine Droste-Hülshoff-Biographie. 1839 machte er die Bekanntschaft von Ferdinand Freiligrath, mit dem er 1841 »Das malerische und romantische Westphalen« (siehe unter Ferdinand Freiligrath) herausgab.

Georg Weerth, geb. am 17.2.1822 in Detmold, gest. am 30.7.1856 in Havanna. Weerth lebte bis 1836 in Detmold und absolvierte danach eine kaufmännische Lehre in Wuppertal-Elberfeld. Ab 1843 schrieb er für die »Kölnische Zeitung«. Zahlreiche Reisen und Auslandsaufenthalte, vor allem in England Belgien und Frankreich. Bekanntschaft mit Karl Marx und Friedrich Engels. Autor sozialkritischer und satirischer Werke, wie z.B. »Humoristische Skizzen aus dem deutschen Handelsleben« (1847/48) und »Leben und Taten des berühmten Ritters Schnapphahnski« (1849).
Der hier abgedruckte Bericht »Die Armen in der Senne« erschien im »Deutschen Bürgerbuch für 1845«.

Karl Wehrhan, geb. am 21.7.1871 in Heidenoldendorf bei Detmold, gest. am 31.8.1938 in Frankfurt/M. Nach dem Besuch der Volksschule besuchte Wehrhan von 1888 bis 1891 das Detmolder Lehrerseminar. Von 1891 bis 1899 war er Lehrer in Blomberg, ab 1907 Mittelschullehrer in Frankfurt/M. Seit 1926 war er Leiter der dortigen Jugendrundfunkstelle. Wehrhan war Mitbegründer des »Vereins für rheinische und westfälische Volkskunde«. Er publizierte über nahezu alle Bereiche des lippischen Lebens. Besonders bekannt sind seine Sammlung »Alte und neue Märchen aus dem Teutoburger Walde und seiner Umgebung«(1923) sowie sein Buch »Kinderlied und Kinderspiel« (1909). Der hier veröffentlichte, leicht gekürzte Bericht über die lippischen Ziegler erschien erstmals im Lippischen Kalender 1913.

August Wiemann, geb. am 25.5.1884 in Hörste, gest. am 12.4.1951 in Detmold. Wiemann war Volksschullehrer an verschiedenen Schulen in Lippe. Er veröffentlichte Erzählungen, z. B. »Aus stillen Winkeln« (1922) und »Heimatliche Bilder aus dem Ilsetal« (1920), sowie Kalendergeschichten und Zeitungsartikel.
Die hier abgedruckten Texte sind dem »Plattdeutschen Lesebogen« (1980) und dem »Lippischen Hausbuchkalender für Stadt und Land auf das Jahr 1950« entnommen.

Friedrich Wienke, geb. am 20.9.1863 in Brakelsiek, gest. am 17.2.1930 in Schieder. Wienke war lange Jahre Ziegler, später Inhaber eines Zementwarengeschäfts in Schieder. In Lippe berühmter Zieglerdichter.
Neben seinem 1899 erschienenen Band mit Zieglerliedern, aus dem das hier abgedruckte Gedicht entnommen ist, wurde der 1926 erschienene Gedichtband »Bleomen twisken Steunen« in Lippe bekannt.

In jenen Fällen, in denen es nicht möglich war, den Rechtsinhaber resp. Rechtsnachfolger zu eruieren, konnte ausnahmsweise keine Nachdruckerlaubnis eingeholt werden. Honoraransprüche der Autoren oder ihrer Erben bleiben gewahrt.

Literaturverzeichnis

Adam, Ursula (Hrsg.): Kleine Bettlektüre für heimattreue Lipper, Bern, München, Wien o.J.

Bürger, Gottfried August: Bürgers Gedichte. Erster Teil: Gedichte 1789, Leipzig, Wien, Stuttgart 1909.

Donop, Wilhelm G.L. von: Historisch-geographische Beschreibung der Fürstlichen Lippeschen Lande in Westphalen, 2., verbesserte Auflage, Lemgo 1790.

Ebert, Arnold (Hrsg.): Lippe und sein Landesverband, Detmold o.J.

Ebert, Bettina/Vogtmeier, Michael: Die lippischen Wanderziegler, herausgegeben vom Lippischen Heimatbund, 2. neu gestaltete Auflage, Rosdorf 2005.

Fontane, Theodor: Glindow(1870), in: Erste Beilage zur Königlich-priveligierten Berlinischen Zeitung v. 16. Juli 1871 (Sonntags-Beilage Nr. 29)

Freiligrath, Ferdinand: Sämtliche Werke in zehn Bänden, herausgegeben von Ludwig Schröder, Leipzig o.J. (1906).

Freiligrath, Ferdinand/Schücking, Levin: Das malerische und romantische Westphalen, Barmen und Leipzig 1841.

Geibel, Emanuel: Jugendbriefe. Bonn – Berlin – Griechenland, Berlin 1909.

Goethe, Johann Wolfgang von: Kunst und Altertum, Band 5, Stuttgart 1824.

Grabbe, Christian Dietrich: Korrespondenz über die Detmolder Ressource, in: Rheinisch-Westphälisches Korrespondenzblatt 1828.

Grabbe, Christian Dietrich: Die Hermannsschlacht, Düsseldorf 1838.

Grimm, Jacob und Wilhelm: Deutsche Sagen, Leipzig 1911.
Hagemann, G. (Hrsg.): Märchen, Sagen und Geschichten aus dem Lipperland, Detmold o.J.
Heine, Heinrich: Deutschland. Ein Wintermärchen, Hamburg 1844.
Heinen, Eugen: Chottechott, was isser damit!? Zum Leben und Wirken des jüdischen Vortragkünstlers Joseph Plaut aus Lippe-Detmold (1879-1966), Detmold 2004.
Hille, Peter: Die Hassenburg – Roman aus dem Teutoburger Wald. Berlin 1905.
Huch, Ricarda: Im alten Reich. Lebensbilder deutscher Städte, in: Gesammelte Werke Band 8, hrsg. von Wilhelm Emrich, Köln 1967.
Immermann, Karl: Reisejournal, Düsseldorf 1833.
Löns, Hermann: Sämtliche Werke in acht Bänden, Band 2, herausgegeben von Friedrich Capelle, Leipzig 1928.
Meysenbug, Malvida von: Memoiren einer Idealistin, Band 1, Stuttgart 1876.
Peter, August Wilhelm: Lippe – Eine Heimat- und Landeskunde, 2. Auflage. Lemgo 1982.
Plaut, Joseph: Humor des Herzens. Heiteres und Besinnliches von Joseph Plaut, Hamburg, 1960
Raabe, Wilhelm: Aus dem Lebensbuche des Schulmeisterleins Michel Haas, in: Sämtliche Werke, Band 4, Berlin o.J.
Schaefer, Thomas (Hrsg.): Lippe Detmold. Ein Lesebuch. Von Tacitus bis Hanns Dieter Hüsch, Husum 1990.
Scheffel, Josef Victor von: Victor Scheffel-Album. Perlen deutschen Humors. Gesammelte Dichtungen von Victor von Scheffel, herausgegeben von Ferdinand Hesse, Berlin o.J.
Schemmel, Fritz (»Schemmels Fritken«): De vamuckten Fleugen, Bd. 1, Schötmar 1964.

Schücking, Levin/Freiligrath, Ferdinand: Das malerische und romantische Westphalen, 2., umgearbeitete Auflage, Paderborn 1872.

Vogtmeier, Bettina und Michael: So koch(t) die Lipper. Von Pickert, Strohsemmeln und anderen Spezialitäten, 4., neu gestaltete Auflage, Rosdorf 2005.

Weerth, Georg: Die Armen in der Senne, in: Deutsches Bürgerbuch für 1845, Darmstadt 1845.

Wehrhan, Karl: Leiden und Freuden des Zieglerlebens, in: Lippischer Kalender 1913.

Wehrmann, Volker (Hrsg.): Die Senne in alten Ansichten und Schilderungen, 2. Auflage, Detmold 1979.

Wiemann, August: Kinder erleben das Hermannsdenkmal, in: Lippisches Hausbuch. Kalender für Stadt und Land auf das Jahr 1950, Lage 1950.

Wiemann, August: Keun Sundag eohne Pickert, in: Plattdeutscher Lesebogen, zusammengestellt von Heinrich Wienke, herausgegeben vom Lippischen Heimatbund, Detmold 1980.

Wienke, Friedrich: Zieglerlieder. Gedichte, 4. Auflage, Detmold 1908.